KALTE FÜSSE

JAY NORTHCOTE

Übersetzt von

FELIZ FABER

COPYRIGHT

Kalte Füße
© 2022 Jay Northcote
Ins Deutsche übertragen von Feliz Faber
Cover-Design: Garrett Leigh

EINS

Sam bremste ab und schielte nach den Nummern an den Haustüren, während er im Schneckentempo weiterfuhr, bis er die mit der Nummer Siebzehn gefunden hatte. Sie war fast verdeckt von einem großen Weihnachtskranz.

Er hielt vor dem Haus. Bevor er auch nur seinen Sicherheitsgurt gelöst hatte, ging die Haustür auf und Ryan winkte ihm zur Begrüßung.

Sam stieg aus dem Auto und ging auf ihn zu. Er grinste, und sein Herz setzte einen Schlag aus, als Ryan das Grinsen erwiderte.

„Hey, Mann. Dann hast du's also gefunden."

„Offensichtlich." Sam konnte der Gelegenheit für Sarkasmus nicht widerstehen. Ryan gab ihm einen Klaps auf den Hinterkopf und wischte ihm dabei eine dunkelrote Haarsträhne in die Stirn, da Sam sich wegduckte.

„Ja, ja. Deine Wegbeschreibung hat funktioniert. Du hattest recht damit, dass das Navi mich ans völlig falsche Ende der Straße führen würde."

Ryan umarmte ihn, und Sam verlor sich für einen

Moment in ihm, atmete seinen Duft ein, bis Ryan ihn wieder losließ. Sams Wangen waren gerötet, aber er hoffte, Ryan würde das der Kälte zuschreiben.

„Es ist schön, dich zu sehen", sagte Ryan.

„Gleichfalls." Sam strich sich die Haare aus dem Gesicht und lächelte erneut, als Ryan ihn ansah.

Es war erst eine gute Woche her, seit sie ihre Sachen gepackt und die Uni verlassen hatten, um über die Feiertage nach Hause zu fahren. Aber Sam hatte Ryan schrecklich vermisst. Er war es gewohnt, ihn ständig um sich zu haben. Und die kurze Trennung hatte ihm nur noch mehr bewusst gemacht, wie heftig er in Ryan verschossen war. Er unterdrückte einen Seufzer. Er war das schwule Klischee *par excellence* – heimlich und hoffnungslos in seinen heterosexuellen besten Freund verliebt.

Sam drängte diese Gedanken beiseite und sperrte sie wieder in den dunklen, geheimen Winkel seines Verstands, wo sie hingehörten. Nach etwas mehr als zwei Jahren konnte er das allmählich ganz gut. Er hoffte immer noch darauf, irgendwann jemanden zu treffen, der ihn von Ryan ablenken würde. Doch obwohl er sich alle Mühe gab, war das bisher nicht passiert.

„Also, bist du soweit? Können wir los?" Sam klimperte mit den Autoschlüsseln. Sie wollten ein paar Tage wegfahren, und seine Mutter hatte ihm dafür ihr Auto geliehen.

„Ja. Ich hol' nur noch eben meine Tasche."

Ryans Mum kam heraus, um sich von ihm zu verabschieden. Sie nickte Sam zu, dann umarmte sie Ryan fest. „Viel Spaß, mein Schatz. Und wir sehen uns, wenn wir beide wieder zuhause sind."

„Gleichfalls, Mum. Schöne Weihnachten."

Als Sam losfuhr, drehte Ryan sich um und winkte seiner Mutter zu, bis sie um die Ecke bogen.

„Dann verbringst du Weihnachten also nicht mit deiner Mutter?“, fragte Sam.

„Nein. Sie fliegt mit Barry nach Marokko, ein bisschen Sonne tanken. Ich fahre über Weihnachten zu meinem Dad und Nicola.“ Ryan klang nicht allzu begeistert darüber.

„Wird deine Schwester nicht auch da sein?“

„Dieses Jahr nicht. Sie fährt nach Manchester zu ihrem Freund und seinen Eltern.“

„Oh.“ Mehr fiel Sam dazu nicht ein. Familienweihnachtsfeiern waren immer ein bisschen komisch, wenn man nicht mehr zuhause wohnte und es gewohnt war, von niemand abhängig zu sein. Aber wenigstens lebte seine ganze Familie noch unter einem Dach, und er würde mit seinen jüngeren Geschwistern rumalbern können.

„Ja.“

Eine Zeitlang herrschte Schweigen.

„Diese paar Tage werden bestimmt ein Spaß“, sagte Sam schließlich. „Es wird cool, ein paar Tage zum Chillen zu haben, bevor wir uns wieder mit der Familie befassen müssen.“

„Ja.“ Ryan klang schon weitaus fröhlicher. „Ja, das wird super. Also, wo genau fahren wir eigentlich hin? Ich bin einfach nicht dazu gekommen, auf der Landkarte nachzusehen.“

„Weiß der Geier. Jedenfalls ist es am Arsch der Welt. Das Navi sollte uns bis zum Dorf führen, aber von da an brauche ich dich als Kartenleser. Jon hat gesagt, ich soll auf den Pub zuhalten. Ich habe eine Landkarte und seine

Wegbeschreibung für das letzte Stück ausgedruckt. Ist alles im Handschuhfach."

Ryan holte die Landkarte heraus und schlug dann den Straßenatlas auf. „Wie hieß das Dorf nochmal?"

„Irgendwas Walisisches, das ich nicht aussprechen kann, weil nicht annähernd genug Vokale drin sind", antwortete Sam. „Ist aufgeschrieben."

„Hab's gefunden." Ryan lachte leise. „Ja, ich seh' schon, was du mit den Vokalen meinst."

„In anderthalb Stunden sollten wir dort sein. Es ist gar nicht so weit weg."

„Wann wollten Trina und Jon ankommen?"

„Keine Ahnung. Am frühen Nachmittag, glaube ich", antwortete Sam. „Er hat mir vorhin eine SMS geschrieben, und er meinte, sie wären dann schon vor uns dort. Sie wollten unterwegs noch beim Supermarkt vorbei, Essen und Alkohol einkaufen."

„Super."

„OKAY." Ryan musterte stirnrunzelnd die Landkarte. „Hier musst du links. Das ist die Abzweigung, die ich vorhin verpasst habe. Die Straße ist so schmal, dass ich dachte, das ist nur ein Feldweg."

Sam bog vorsichtig in die irrsinnig schmale Straße ein, die von der, auf der sie aus dem Dorf gekommen waren, steil nach oben führte.

„Wenn da Gras in der Mitte wächst, *ist* es ein Feldweg, würde ich sagen." Er blieb im ersten Gang und holperte behutsam über den unebenen Untergrund. „Lecko mio.

Bin ich froh, dass Jons Wegbeschreibung so gut war. Ohne die hätten wir das hier vermutlich nie gefunden."

„Nur noch ein kleines Stück... um die nächste Kurve, und dann müssten wir da sein." Die Straße wurde ein wenig ebener, als sie um die Ecke bogen. „Ist das der richtige Name?", fragte Ryan und deutete auf eine Steinplatte, die in die Wand der Steinhütte eingelassen war. *Hafan Dawel* stand darauf eingemeißelt.

„Ja, das ist es."

Es gab keine Einfahrt, doch die Straße wurde vor dem Cottage breiter, so dass Sam genug Platz zum Parken blieb.

„Dann sind Jon und Trina also noch nicht da", sagte Sam. Er achtete darauf, genug Platz für ein zweites Auto zu lassen, als er vor dem Haus anhielt.

„Los, komm." Ryan machte bereits seine Tür auf. Zwischen dem Auto und der Bruchsteinmauer war nur ein schmaler Spalt.

Sam stieg ebenfalls aus; er war schon sehr gespannt auf ihre Unterkunft. Jon hatte ihnen ein paar Fotos von der Hütte gezeigt, aber in natura sah sie ganz anders aus – kleiner, als er sie sich vorgestellt hatte, und viel isolierter. Die Fotos waren der Lage nicht gerecht geworden. Von hier aus war nur ein einziges Gebäude in Sicht, ein anderes Cottage weiter oben an der Straße, halb verborgen hinter Bäumen. Ansonsten sah Sam nur Felder, Schafe und hier und da ein paar kleine Baumgruppen. Sanfte, grüne Hügel wurden in der Ferne zu Bergen, über deren Gipfel sich der graue Himmel drohend verdüsterte. Die walisische Naturlandschaft war in ihrer Wildheit rau und unerbittlich, aber auch wunderschön. Ganz anders als die gepflegten Rasenflächen und prächtigen Stadthäuser von Oxford, wo Sam lebte, oder die Wohnsiedlung in Swindon, wo er Ryan heute Nachmittag abgeholt hatte.

Er blickte auf die Landschaft hinaus und lächelte. Sein Atem kräuselte sich wie Rauch in der eisigen Luft.

„Wie kommen wir jetzt da rein?“, fragte Ryan. „Müssen wir auf Jon warten? Es ist arschkalt hier.“

„Es gibt einen versteckten Schlüssel“, sagte Sam. „Er ist unter der Schieferplatte im Blumenbeet neben der Haustür.“

„Hier?“ Ryan bückte sich und hob die blaugraue Steinplatte an. „Ja, hab‘ ihn.“

Er steckte den Schlüssel ins Schloss, ruckelte ein bisschen daran und schaffte es schließlich, ihn zu drehen.

Sie gingen hinein und sahen sich um.

Es war ziemlich dunkel. Die Vorhänge waren offen, aber die Fenster waren klein und ein bisschen staubig und ließen nicht viel Licht herein.

Sam fand einen Lichtschalter und betätigte ihn. Im gelblichen Schein der Deckenlampe sah er, dass sie durch die Haustür direkt in den Wohnbereich gekommen waren. Es gab einen Garderobenständer neben der Tür, und gegenüber vom Eingang führte eine Treppe nach oben.

„Das ist echt cool“, sagte Ryan.

„Ja. Nicht zu fassen, dass wir kostenlos hier wohnen können.“

Es war nicht gerade luxuriös, aber das war Sam egal. Das Zweisitzersofa war alt und stellenweise abgewetzt, und der Mini-Sessel, der ebenfalls in den kleinen Raum gequetscht worden war, hatte auch schon bessere Tage gesehen. Der Steinfußboden war vom Alter glattpoliert, wo er nicht von einem uralt aussehenden Teppich bedeckt war.

Sam fröstelte. „Bisschen frisch, nicht?“ Hier drinnen war es fast so kalt wie draußen. „Ich frag‘ mich, wie man die Heizung anmacht?“ Er blickte sich nach einem Heizkörper um, sah aber weit und breit keinen.

„Ich glaube nicht, dass es eine Heizung gibt“, sagte Ryan. „Oder jedenfalls keine, wie wir sie gewohnt sind. Aber es gibt einen Kamin.“ Er ging vor dem offenen Kamin in die Hocke und inspizierte einen Korb mit Holzscheiten. „Die werden gut brennen. Wir sollten wohl möglichst schnell ein Feuer machen.“

Sie gingen ihre Taschen aus dem Auto holen und erkundeten dann den Rest des Cottages.

Der einzige andere Raum im Erdgeschoss war eine Küche im hinteren Teil des Hauses. Sie war klein und nur mit dem Notwendigsten ausgestattet. Das Fenster über der Spüle blickte auf einen von einer niedrigen Steinmauer umschlossenen Garten hinaus. Schafe grasten auf der Wiese dahinter.

„Wenigstens gibt es einen Wasserkocher“, sagte Ryan. „Aber wie sollen wir ohne Mikrowelle kochen?“

Sam lachte. „Oh mein Gott, Luxusprobleme. Irgendwie kommen wir schon zurecht. So wie ich Jon kenne, bringt er sowieso Pizza und Ofenpommes mit. Was anderes isst er nicht.“

Im Obergeschoss gab es zwei Schlafzimmer und ein winziges Bad – nur eine Toilette, ein Waschbecken und eine Badewanne mit Dusche. Beide Schlafzimmer waren klein und so mit Möbeln zugestellt, dass man sich darin kaum umdrehen konnte. Im hinteren Zimmer gab es zwei Einzelbetten, im vorderen ein Doppelbett.

„Das ist dann wohl unseres." Sam stellte seine Tasche auf eins der Einzelbetten.

„Ja. Die Turteltäubchen wollen bestimmt das Doppelbett." Ryan grinste. „Hoffentlich sind die Wände dick."

„Uff." Sam fühlte, wie ihm bei dem Gedanken das Blut in die Wangen schoss. Es war schlimm genug, dass er Jon und Trina durch die Wände hörte, wenn er daheim in ihrer Haus-WG alleine in seinem Zimmer war. Bei der Vorstellung, ihnen mit Ryan im Zimmer beim Vögeln zuhören zu müssen, kringelten sich seine Zehen vor Verlegenheit, gemischt mit einem unbehaglich heißen Kribbeln.

„Los, komm." Er drehte sich um, da er sich und Ryan möglichst schnell von allem, was mit Sex zu tun hatte, ablenken wollte. „Lass uns Feuer machen. Hoffentlich sind die anderen bald hier und bringen Bier und was zu essen mit. Ich bin am Verhungern."

„BIN ICH FROH, dass du weißt, wie das geht." Sam sah zu, wie Ryan auf dem Kamingitter sorgfältig Kienspäne und zerknülltes Zeitungspapier aufeinanderschichtete. „Ich hätte nicht gewusst, was ich machen soll."

„Ja, meine paar Jahre bei den Pfadfindern zahlen sich jetzt aus", sagte Ryan. „Ich habe immer gern Feuer gemacht. Das war das Beste am Pfadfinderlager."

Er riss ein Streichholz an und hielt es an ein paar Stellen an das Papier, um das Feuer in Gang zu bringen. Die Kienspäne waren schön trocken und brannten auch bald. Ryan gab nach und nach größere Holzstücke dazu, bis es prasselte und rot zu glühen begann.

„Perfekt." Ryan setzte sich auf die Fersen und streckte die Hände aus.

Sam tat es ihm nach, überrascht über die Wärme, die das Feuer bereits abgab. „Oh, das ist herrlich."

„Hoffentlich bringt Jon Marshmallows mit", sagte Ryan. Dann fügte er hinzu: „Apropos Jon, wo zum Teufel stecken die eigentlich? Sollten sie nicht schon längst hier sein?"

„Ja." Sam zog sein Handy aus der Tasche und runzelte die Stirn. „Ich hab' keinen Empfang. Und du?"

Ryan holte ebenfalls sein Handy heraus und schüttelte den Kopf. „Kein Stück."

Sie versuchten es im Obergeschoss, aber dort sah es nicht besser aus. Also zog Sam seine Jacke an und ging ein Stück bergauf. Ein paar hundert Meter weiter, in der Nähe des anderen Cottages, brachte er drei Balken zusammen, und innerhalb weniger Minuten poppten eine Reihe von Textnachrichten und ein verpasster Anruf von Jon auf seinem Display auf.

Kommen später, Autopanne. Warten auf die Pannenhilfe

Dann, etwas später:

Schaffen es heute nicht mehr. Auto ist in der Werkstatt und wir sind wieder zuhause. Aber morgen wird's wohl klappen

Dann:

Hast wahrscheinlich scheiß Empfang dort. Melde dich, wenn du das hier kriegst

Sam rief die Mailbox an und hörte Jons Nachricht ab.

„Tut mir leid, Mann. Hoffe, du hast meine SMS gekriegt, aber meine Scheißkarre ist liegengeblieben. Sollte bis morgen Mittag repariert sein, also kommen wir dann nach. Mom sagt, ihr könnt euch aus den Vorräten im Cottage bedienen, damit ihr nicht verhungert. Und im Dorf gibt's auch einen Laden, aber der schließt um halb fünf, also hoffe ich, ihr seid rechtzeitig dort. Ansonsten könnt ihr auch im Pub was essen, aber das ist ein bisschen teuer. Okay. Ich glaube, das war's? Ja. Also dann, bis morgen. Viel Spaß."

Sam schaute nach der Uhrzeit und fluchte; sie hatten nicht mehr viel Zeit, um es in den Laden zu schaffen. Auf dem Rückweg den Hügel hinab gab er Jon noch rasch per SMS Bescheid, dass er die Nachrichten bekommen hatte.

Als er außer Atem ins Cottage gestürmt kam, drehte Ryan sich um und zog fragend die Augenbrauen hoch.

„Sie können erst morgen kommen. Probleme mit dem Auto. Aber sie haben das ganze Essen dabei, nicht? Also müssen wir in den Laden im Dorf, bevor der zumacht."

„Ach, Mist." Ryan runzelte die Stirn. „Das ist echt ätzend. Aber ich hab' gerade noch eine Ladung Holz aufs Feuer gelegt. Wir sollten lieber warten, bis es ein bisschen runtergebrannt ist."

„Ist schon okay, ich geh' allein. Willst du irgendwas Spezielles?"

„Nee, mir ist alles recht. Aber bring Bier mit."

„Natürlich. Das vergess' ich bestimmt nicht."

Sie waren alle keine Säufer, aber sie waren schließlich Studenten. Und zum Teil wollten sie diese paar Nächte fern der wachsamen Augen ihrer Eltern auch dazu nutzen, sich zu entspannen und ein bisschen Party zu machen.

Außerdem machte die Aussicht auf eine ganze Nacht allein mit Ryan Sam nervös. Natürlich verbrachten sie auch sonst viel Zeit zusammen, aber normalerweise waren dann auch noch andere Leute da, und es gab Ablenkung durch Hausarbeiten oder das Fernsehen oder die Xbox. Hier, wo es nicht viel zu tun gab, würde das ein wenig anders sein. Bier würde Sam vielleicht helfen, seine plötzliche Befangenheit zu überwinden.

Er vergewisserte sich, dass sein Portemonnaie in der Jackentasche steckte, und schnappte sich seine Schlüssel vom Kaffeetisch.

„Okay. Bin gleich wieder da."

ZWEI

Nachdem die Tür hinter Sam ins Schloss gefallen war, wandte Ryan sich wieder dem Feuer zu.

Er konnte nicht widerstehen, ein bisschen darin herumzustochern, obwohl es wunderbar brannte. So ein selbst aufgeschichtetes und angezündetes Feuer hatte einfach etwas Befriedigendes an sich. Er legte ein weiteres Scheit auf, dann setzte er sich aufs Sofa, starrte in die Flammen und versuchte, das mulmige Gefühl in seiner Magengrube zu ignorieren.

Zum Teufel mit Jon und seiner Scheißkarre.

Zu viert hätten sie hier eine Menge Spaß haben können. Aber er hatte ein komisches Gefühl dabei, hier mit Sam allein zu sein.

„Du bist doch bescheuert", sagte er sich laut. „Er ist dein bester Kumpel, und du wohnst mit ihm zusammen, Herrgott nochmal."

Doch das nervöse Flattern in seinem Bauch hielt sich hartnäckig.

Ryan und Sam waren seit der ersten Woche an der Uni

befreundet, als sie nach einer Vorlesung ins Reden gekommen waren. Im zweiten Studienjahr waren sie in die Haus-WG gezogen, und dort wohnten sie jetzt seit über einem Jahr zusammen. Ihre Beziehung war locker, beinahe mühelos.

Oberflächlich betrachtet wirkte ihre Freundschaft vielleicht ungewöhnlich, da Sam ein absoluter Streber war und Ryan in der Rugbymannschaft spielte. Doch bei genauerem Hinschauen hatten sie überraschend viel gemeinsam. Sam zog Ryan damit auf, dass er ein ‚heimlicher Streber' wäre und drohte damit, ihn zu outen. Ryans Lachen war dann immer etwas gequält, denn er hatte ein ganz anderes Geheimnis, auf dessen Wahrung er sehr viel Energie verwendete. Und Sam war ein Teil des Problems – denn Ryans Gefühle für Sam waren... kompliziert.

Als Sam sich letztes Jahr kurz vor Weihnachten vor Ryan und ihren anderen Mitbewohnern geoutet hatte, war Ryan wirklich überrascht gewesen. Nicht, weil Sam sich betont männlich verhalten oder jede Menge Frauen gevögelt hätte oder so – im Gegensatz zu Ryan – sondern einfach deshalb, weil Ryan sich nie groß Gedanken darüber gemacht hatte. Doch nachdem er erfahren hatte, dass Sam schwul war – und einen Freund hatte, mit dem er wahrscheinlich schwule Sachen machte – hatte Ryan kaum noch an etwas anderes denken können. Und sich vorzustellen, dass *Sam* solche Sachen mit einem anderen Kerl machte, war wirklich verdammt verwirrend. Es versetzte Ryan in einen Zustand ständiger Erregung und Eifersucht und bescherte ihm eine geradezu biblische Offenbarung hinsichtlich seiner eigenen Sexualität.

Doch er war nicht bereit, sich dieser Erkenntnis zu stellen. Ein paarmal hätte er fast etwas zu Sam gesagt. Es hätte gutgetan, mit jemandem zu reden, der verstand, was er gerade durchmachte. Doch er drückte sich immer davor, selbst als Sam sich dann von seinem Freund trennte und wieder Single war. Er sollte nicht denken, dass Ryan ihn nur als günstige Gelegenheit für sexuelle Experimente betrachtete. Sam bedeutete ihm viel zu viel, um ihre Freundschaft aufs Spiel zu setzen und sie in eine peinliche Situation zu bringen.

Ryan seufzte und fuhr sich mit den Fingern durch die Haare, rastlos vor Nervosität. Er stand auf und begann, das Cottage etwas gründlicher zu erkunden. Eine mit Klebeband an der Küchenwand befestigte Betriebsanleitung verriet ihm, wie man den Warmwasserboiler anschaltete, also tat er das. Dann stöberte er in den Küchenschränken herum. Er fand ein paar Dosen Bohnen und Eintopf und auch ein paar Trockenfertiggerichte mit Nudeln und Reis, die nützlich sein könnten, falls ihnen das Essen knapp wurde.

Als er Geräusche an der Haustür hörte, ging er hinaus, um Sam zu begrüßen, der gerade mit prall gefüllten Einkaufstüten hereinkam.

„Ach du Scheiße, schneit es etwa?", fragte Ryan.

Winzige weiße Flocken hingen in Sams Haar und zeichneten sich auf den Schultern seiner schwarzen Jacke ab.

„Ja, aber nicht viel. Nur ein paar Flocken." Seine blassen Wangen waren rosig vor Kälte. Ryan folgte ihm in die Küche und nahm ihm eine Tüte ab, um sie auszupacken – Brot, Margarine, Käse, ein Dutzend Eier, ein paar Dosen Baked Beans und eine Schachtel Cornflakes.

„Die Auswahl war ziemlich bescheiden", sagte Sam entschuldigend. „Vielleicht hätte ich weiterfahren und einen besseren Supermarkt suchen sollen."

„Das ist schon okay. Wir werden nicht verhungern."

Sam hatte das hochwichtige Bier und diverse Snacks ausgepackt.

„Ich hab' dir diese extrascharfen Doritos mitgebracht, die du so gern magst." Er warf ihm die Tüte zu, und Ryan fing sie mit einer Hand.

„Oh, danke, Mann. Du bist so gut zu mir", grinste er.

„Vergiss das bloß nicht."

„Ich bin schon am Verhungern." Ryan schaute auf die Uhr. „Bohnen auf Toast?"

„Okay."

Sie fingen schon beim Kochen mit dem Bier an, und als sie dann zwei dampfende Teller voll Baked Beans und Käse auf Toast mit Rührei hatten, nahmen sie ihr Essen und ihre Getränke mit ins Wohnzimmer.

„Jetzt ist es hier richtig schön warm", sagte Ryan.

Er lehnte sich auf dem Sofa zurück, streifte seine Schuhe ab und legte die Füße auf den Kaffeetisch. Das Feuer wärmte ihm durch die Socken hindurch die Fußsohlen, während er aß. Es war herrlich.

Nach dem Essen, und nachdem sie jeder ein zweites Bier getrunken hatten, waren sie zu faul zum Spülen. Sam räumte nur ihre Teller weg, als er eine dritte Runde Bier holen ging.

Jetzt, wo das Essen nicht mehr im Mittelpunkt stand, war Ryan unbehaglich zumute. Normalerweise würden sie jetzt fernsehen oder die Xbox anwerfen, oder wenigstens Musik hören. Doch hier gab es nur das Prasseln des Feuers und ein gelegentliches dumpfes Rascheln, wenn ein Holzscheit verrutschte. Das Sofa hing in der Mitte durch, so dass sie zusammenrücken mussten, und Ryan war sich des zu geringen Abstands zwischen ihnen bewusst. Doch ein Teil von ihm wollte diesen Abstand ganz verschwinden lassen.

Dieser Gedanke brachte ihn abrupt auf die Füße. Als Sam überrascht aufblickte, sagte Ryan entschuldigend: „Ich muss mal pinkeln."

Oben im Bad biss er die Zähne zusammen und redete sich streng ins Gewissen. *Hör auf, dich so komisch zu benehmen. Wenn du weiter so nervös bist, kriegt er noch mit, dass was nicht stimmt.*

Als er wieder herunterkam, kramte Sam gerade in einem Schränkchen unter der Garderobe herum.

„Hey, hier drin gibt es Brettspiele und so", sagte er. „Hast du Lust auf eine Runde Schach?"

„Klar." Ryan lächelte, erleichtert über die Ablenkung.

Jetzt bewegten sie sich wieder auf vertrautem Gebiet. Schach gehörte zu den „streberhaften" Dingen, die Ryan insgeheim mochte – obwohl er normalerweise so tat, als wäre dem nicht so – und an der Uni spielten er und Sam manchmal Schach, wenn ihnen gerade danach war.

„Aber nur damit du's weißt", sagte Sam mit ausdruckslosem Gesicht. „Du verlierst."

„Ach ja? Träum' weiter, Kleiner. Das wollen wir doch mal sehen."

VIER SPIELE und drei Stunden später stand es zwei zu zwei. Ryan war todmüde und Sam gähnte ebenfalls, aber keiner von beiden wollte ein Unentschieden gelten lassen. Also bauten sie das Brett wieder auf.

Die Spannung stieg. Sie hingen praktisch über dem Brett, so dicht nebeneinander, dass sich ihre Knie berührten. Sam war am Zug, und er überlegte ewig lange, das Kinn in die Hand gestützt und die Stirn vor Konzentration gerunzelt. Er nagte an seiner Unterlippe, und als er sie freigab, war sie gerötet und feucht von seinem Speichel. Ryan merkte, dass er ihn angestarrt hatte, und schaute hastig wieder auf das Brett. Gerade noch rechtzeitig, um zu sehen, wie Sam endlich seinen Läufer verschob.

Während er noch versuchte, Sams Lippen aus dem Kopf zu bekommen, stellte Ryan fest, dass seine Königin in Gefahr war. Er verschob sie schnell und schlug einen ungeschützten Bauern.

Diesmal dachte Sam nicht lange über seinen Zug nach. Er griff mit einem Turm an, der wie aus dem Nichts zu kommen schien. *Fuck.* Ryan hatte wirklich nicht aufgepasst.

„Schachmatt", sagte Sam. „Ich hab' dir doch gesagt, dass du verlierst."

„Mist!" Ryan starrte auf das Brett und ärgerte sich, weil er Sams Hinterhalt übersehen hatte. „Aber guter Zug."

Sam lehnte sich auf seiner Seite des Sofas gegen die Armlehne, zog die Beine hoch und steckte seine bestrumpften Zehen unter Ryans Oberschenkel.

„Gott, hab' ich kalte Füße. Obwohl das Feuer an ist", sagte er. „Ich frag' mich, ob es immer noch schneit."

Ryan stand auf, schob den Vorhang beiseite und spähte

hinaus in die Dunkelheit. Der Himmel war überwiegend klar, und nachdem sich seine Augen an das fahle Mondlicht angepasst hatten, sah er draußen auf dem Gras nur eine dünne Schicht aus dem graupeligen Schnee, der vorhin gefallen war. „Nein, hat aufgehört."

Ryan gähnte und streckte sich mit hochgereckten Armen. Sams Blick hing für einen Moment an seiner Taille, und Ryan ließ die Arme rasch wieder sinken, als kühle Luft auf den entblößten Streifen Haut dort traf.

„Ich glaube, ich geh' ins Bett", sagte er. „Willst du noch aufbleiben?"

„Nee, ich bin auch müde. Und das Feuer ist inzwischen runtergebrannt. Hat nicht viel Sinn, jetzt noch Holz nachzulegen, wenn ich bald schlafen gehe."

Als sie die Treppe hinaufgingen, sank die Temperatur abrupt. Und in dem Zimmer mit den zwei Einzelbetten, das sie sich teilen würden, war es so kalt, dass sie ihren Atem sehen konnten.

In der Ecke unter dem Fenster stand ein kleiner elektrischer Heizlüfter.

„Soll ich den mal für eine Weile anmachen?", fragte Sam und ging davor in die Hocke.

„Gott, ja. Es ist eiskalt."

Ryan durchstöberte derweil seine Reisetasche nach bequemeren Klamotten. Er wollte nicht zu viele Schichten ablegen, aber Jeans waren zum Pennen furchtbar unbequem, also suchte er sich stattdessen eine Jogginghose heraus. Seine restlichen Sachen würde er anbehalten, bis er sich im Bett ein bisschen aufgewärmt hatte.

„Mist. Der funktioniert nicht", sagte Sam.

Als Ryan sich umschaute, kauerte Sam immer noch vor dem Heizlüfter und drehte an der Skala. „Lass mich mal."

„Ryan, ich weiß, wie man einen Scheiß-Heizlüfter anmacht. Dazu muss man kein Genie sein. Man steckt ihn ein und schaltet ihn an. Der ist im Arsch."

„Versuch's mal mit einer anderen Steckdose."

Sie fanden eine weitere Steckdose an der Wand hinter Sams Bett, doch der Heizlüfter blieb stur weiterhin still und kalt.

„Vielleicht ist im anderen Schlafzimmer auch einer", meinte Sam. „Ich geh' mal nachsehen."

Doch er kam mit leeren Händen zurück. „Hab' keinen gefunden."

„Dann müssen wir uns eben einfach mit massenweise Decken warmhalten", sagte Ryan. „Ich habe vorhin im Schrank ein paar gesehen."

Sie legten jeder ein paar Wolldecken auf die Federbetten, dann wechselten sie sich im Bad ab – in dem es genauso kalt war – bevor sie das Licht ausmachten und ins Bett gingen.

Sams Zähne klapperten wie Kastagnetten, aber Ryan konnte sich schlecht über ihn lustig machen, da er genauso bibberte. Nur weil er die Zähne zusammenbiss, machten sie nicht so einen Radau wie die von Sam.

„Wenn ich heute Nacht an Unterkühlung sterbe, komme ich als Gespenst zurück und spuke bei Jon", grummelte Sam. „Der und sein eisiges Cottage und sein blöder kaputter Heizlüfter."

Ryan lachte leise. „Du wirst es schon überleben." Er hatte sich die Decken über den Kopf gezogen, um die Wärme seines Atems darunter zu behalten. Sams Stimme klang gedämpft, also hatte er wahrscheinlich dasselbe getan.

„Ich wünschte, ich hätte mehr gegessen. Ein üppiges Abendessen hätte vielleicht geholfen."

„Ja." Ryan wurde allmählich schläfrig. Das Bier forderte seinen Tribut, und obwohl er immer noch fror, spürte er, dass er langsam eindämmerte. Also ignorierte er Sams Gebrummel und kuschelte sich tiefer unter die Decken.

Er musste eingeschlafen sein, doch dann – er hatte keine Ahnung, wieviel später – weckte ihn ein schauerliches Kreischen von draußen.

„Was zum Teufel...?" Er schreckte hoch und steckte den Kopf unter der Decke hervor, um besser hören zu können. „Gott, das klingt ja, als ob da draußen jemand umgebracht wird."

„Ich glaube, das war eine Schleiereule", drang Sams Stimme durch die Dunkelheit. „Hast du noch nie eine gehört? Die schreit schon seit einer ganzen Weile."

„Ja. Ich war wohl ziemlich weggetreten."

„Du hast geschnarcht, also nehm' ich das an."

„Oh, tut mir leid. Hab' ich dich wachgehalten?"

„Nein. Mir ist zu kalt zum Schlafen."

„Scheiße." Ryan war jetzt wieder hellwach. „Willst du eine von meinen Decken? Mir ist jetzt warm genug."

„Ich will nicht, dass du auch frierst."

Ryan überlegte für einen Moment. Dann ignorierte er die innere Stimme, die ihm zuflüsterte, dass das keine gute Idee war, und sagte: „Komm rüber."

„Eh?"

„Komm rüber zu mir. Das ist wärmer, als allein zu schlafen."

„Echt jetzt?" Aber Ryan hörte bereits Sams Bett knarren, als er sich bewegte. Er brauchte eindeutig nicht viel Überredung.

„Ja, klar."

Ryan rückte beiseite, um Platz zu machen, als Sam die Decken anhob und neben ihm darunter kroch.

„Bist du sicher, dass das okay ist? Wir könnten auch rübergehen und das Doppelbett nehmen."

„Nein", antwortete Ryan. „Noch ein Bett zu wärmen dauert ewig. Das geht schon in Ordnung. Autsch!" Sams Knie waren gegen Ryans Oberschenkel gestoßen. „Aber behalt' deine spitzen Knie bei dir."

„Tut mir leid." Sam legte sich auf die Seite, mit dem Rücken zu Ryan.

Sie schwiegen eine Zeitlang, doch Ryan merkte, dass Sam immer noch bibberte.

„Du musst mehr Kuchen essen." Er legte sich auf die Seite und schmiegte sich von hinten an Sams schmächtigen Körper. „Wenn du mehr auf den Rippen hättest, wär' dir nicht so kalt."

Sam verkrampfte sich für einen Moment und entspannte sich dann wieder. „Du weißt, dass ich eine Menge esse. Ich bin von Natur aus dünn. Wir können nicht alle stramme Rugby-Jungs sein." Doch seine Stimme war sanft, und Ryan konnte das Lächeln darin hören.

„Ja, ja. Jetzt halt' die Klappe und lass mich weiterschlafen."

Ryan zog die Decken hoch und kuschelte sich enger an

Sam, legte den Arm um ihn – natürlich nur, weil es so bequemer war. Seine Nase drückte sich in die Haare in Sams Nacken. Er roch gut, nach Holzrauch und einem Hauch von Pfefferminz-Shampoo, aber vor allem nach warmer Haut. Sein Körper fühlte sich in Ryans Armen verstörend gut an, schlank und knochig und eindeutig männlich auf eine Art, bei der ein leicht mulmiges Gefühl in Ryans Bauch zu schwelen begann. Er schob den Gedanken resolut beiseite und verschloss seinen Verstand, konzentrierte sich auf seinen Atem und wartete auf den Schlaf.

DREI

Als Sam aufwachte, nahm er als erstes die Wärme eines anderen Körpers wahr, die ihn einhüllte, und den heißen Atem in seinem Nacken.

Ryan.

Erinnerungen an die vergangene Nacht strömten auf ihn ein und erfüllten seinen Bauch mit einer Wärme, die der von Ryans Körper an seinem Rücken gleichkam. Sam hatte es kaum fassen können, als Ryan vorgeschlagen hatte, dass sie sich ein Bett teilen sollten. Darauf hatte er es keineswegs angelegt, aber es machte absolut Sinn. Durch den Körperkontakt mit Ryan war ihm innerhalb von Minuten warm gewesen – und nicht nur äußerlich, denn die Art, wie Ryan sich an ihn gekuschelt hatte, hatte ihn auch von innen her gewärmt.

Sams Wangen röteten sich bei der Erinnerung, denn von Ryan so in den Armen gehalten zu werden hatte ihn angetörnt, und deswegen hatte er ein schlechtes Gewissen. Ryan hatte aus reiner Freundschaft gehandelt, aber Sam hatte nichts gegen seine physische Reaktion tun können.

Ryan würde vermutlich das kalte Grausen kriegen, wenn er wüsste, dass er Sam einen Ständer beschert hatte.

Sam seufzte, da er noch nicht bereit war, sich aus Ryans Umarmung zu lösen. In Ryans Armen zu liegen fühlte sich so gut an. Und vielleicht würde es nie wieder dazu kommen, also sollte er es genießen, so lange er konnte. Sam hatte jetzt wieder einen Steifen, aber eine Morgenlatte zählte nicht. Er konnte so tun, als wäre es rein physiologisch und hätte weder etwas mit Ryans langsamen Atemzügen zu tun, die seine Nackenhaare kitzelten, noch mit Ryans Hand auf seiner Hüfte.

Er döste eine Zeitlang vor sich hin und genoss den Körperkontakt, während draußen hinter den Vorhängen allmählich der Morgen graute. Doch dann begann Ryan sich zu regen. Er räkelte sich ein bisschen, und dabei drückte er sich an Sam und brachte sie in noch engeren Kontakt miteinander. Sam fühlte den unverkennbaren Druck von Ryans Morgenerektion an seinem Hintern, und sein Schwanz reagierte fast sofort und wurde noch steifer. Das Blut rauschte ihm in den Ohren, und seine Wangen brannten heiß. Er erstarrte in Erwartung von Ryans peinlich berührtem Rückzug. Doch Ryan murmelte nur etwas vor sich hin – offensichtlich immer noch schlafend – und packte Sams Hüfte fester, zog ihn enger an diese Härte.

Sams Gewissen siegte über seine Libido, denn es wäre der Gipfel der Peinlichkeit, wenn Ryan aufwachen und mitkriegen würde, dass er Sam im Schlaf Avancen machte. Also befreite er sich aus Ryans Griff – wobei er sich zu seiner legendären Selbstlosigkeit gratulierte – und sprang aus dem Bett, als stünde sein Arsch in Flammen.

„Mpf...wasissn?“ Ryan regte sich erneut, rollte sich auf den Rücken und blickte verschlafen blinzelnd zu Sam auf.

„Nichts, ich muss nur pissen.“ Sam zog sein T-Shirt herunter, um seinen verräterischen Ständer zu verdecken – der auf Ryan deutete wie eine Wünschelrute – und wandte sich hastig ab. „Bin gleich wieder da.“

Im Badezimmer dämpfte die eisige Luft seine Leidenschaft ziemlich schnell. Er erleichterte sich bibbernd und wünschte, er hätte sein Hoodie aus dem Schlafzimmer mitgenommen.

Sam blickte kurz zu dem Milchglasfenster über der Toilette auf. Er konnte nicht hindurchsehen, aber für so früh am Morgen wirkte die Welt draußen merkwürdig hell.

Als er fertig war, ging er wieder ins Schlafzimmer und zog trotz Ryans Protest („Och, *Saaam*. Meine Augen!“) den Vorhang zurück, um aus dem Fenster zu schauen.

„Heilige Scheiße!“ Sam starrte ungläubig auf die Szenerie draußen. Die ehemals grünen Wiesen hinter dem Haus lagen unter einer dicken weißen Schneedecke.

„Was?“ Ryan war jetzt in Bewegung. Er drängelte sich mit Sam vor dem Spalt zwischen den Vorhängen und schaute ihm über die Schulter. „Lecko mio. Das ist ein Haufen Schnee. Was meinst du, wieviel ist das?“

„Schwer zu sagen. Mindestens ein paar Zentimeter.“

„Lass uns mal vorne rausschauen.“

Sie gingen nach unten und zogen die Vorhänge vor den vorderen Fenstern zurück, ließen das seltsame, unirdische Licht herein, das der unberührte Schnee reflektierte. An der dicken Schneeschicht auf dem Autodach konnten sie erkennen, dass es sogar noch mehr war, als sie gedacht hatten.

„Hat der Wetterbericht das vorhergesagt?", fragte Sam.

„Woher soll ich das wissen?", antwortete Ryan. „Ich hab' nicht dran gedacht, nachzuschauen. Aber ich glaube nicht. Wir hätten doch sicher was davon gehört, wenn es so viel Schnee geben sollte."

„Sollte man meinen." Dann kam Sam etwas in den Sinn. „Jon und Trina können heute garantiert nicht kommen. Selbst wenn der Schnee nur örtlich begrenzt ist, werden die Straßen hier in der Gegend kaum befahrbar sein. Ich glaube nicht, dass sie hier am Arsch der Welt Salz streuen. Wir versuchen ihn besser zu warnen. Ich rufe ihn gleich nachher an oder schicke ihm eine SMS."

„Ja. Dann sind wir wohl noch eine Nacht allein hier, wie's aussieht."

Ryans Tonfall verriet nicht viel, und als Sam sich umdrehte und einen Blick auf ihn riskierte, wandte Ryan sich ab und ging zum Kamin.

„Ich mach' mal Feuer", sagte er. „Versuchen wir, die Hütte ein bisschen warm zu kriegen – wenigstens im Erdgeschoss."

Sam setzte sich aufs Sofa und schaute zu, wie Ryan Holz aufschichtete und das Feuer neu entfachte. Der orangefarbene Schein der Flammen flackerte über Ryans Gesicht, und seine Stirn war vor Konzentration gerunzelt, während er Kleinholz nachlegte, bis es ordentlich brannte. Sam hätte diese Stirnfalten gern mit den Fingerspitzen geglättet.

Er zog die Knie an die Brust und schlang die Arme darum, während er darauf wartete, bis die Wärme des Feuers ihn erreichte. Er fühlte sich ein bisschen schuldig wegen seiner Begeisterung bei der Aussicht auf einen weiteren Tag – und eine Nacht – allein mit Ryan. Eigentlich hätte er ja enttäuscht sein sollen, dass Jon und Trina jetzt nicht kommen würden. Aber er war nicht bereit, diese neue Intimität aufzugeben, die hier zwischen ihnen zu entstehen begann.

Nachdem sie das Feuer angezündet hatten, machten sie Toast und Tee und setzten sich zum Frühstücken wieder aufs Sofa. Das Wohnzimmer erwärmte sich jetzt schnell, doch auf den Rest des Hauses schien das Feuer keinen großen Effekt zu haben.

Nach dem Frühstück räumten sie ihre Teller ab und spülten das Geschirr vom Vorabend, dann wagten sie sich wieder nach oben, um sich anzuziehen. In ihrem Schlafzimmer herrschte immer noch arktische Kälte, und ihr Atem war zu sehen, als sie hastig ihre Jogginghosen gegen Jeans tauschten und sich gegen saubere T-Shirts entschieden.

„Ich dusche vielleicht nachher sowieso", sagte Ryan.

Sam erschauerte bei dem Gedanken, der Eiseskälte im Bad zu trotzen. „Ich glaube, ich geh' mal besser Jon anrufen", sagte er. „Wüsste gern, ob es woanders auch geschneit hat. Kommst du mit?"

„Auf jeden Fall", sagte Ryan. „Ich lass mir doch die Chance nicht entgehen, da rauszugehen und im Schnee zu spielen."

„Wir sollten vielleicht nochmal zum Laden laufen und mehr Vorräte kaufen. Das, was wir haben, reicht nicht für noch einen Abend."

„Ja, klar. Das können wir machen, wenn wir schon mal draußen sind."

SIE BESCHLOSSEN, zuerst bergauf bis zu der Stelle zu gehen, wo sie sicher sein konnten, dass es Handyempfang gab.

„Noch ein bisschen weiter, da hat es dann gestern geklappt." Sam schaute erneut auf das Display. „Ich hab' jetzt einen Balken, aber bei dem Baum da hatte ich gestern drei."

Sie kamen nur langsam voran. Der Schnee war ungefähr zwanzig Zentimeter tief, und sie sanken bei jedem Schritt bis über den Rand ihrer Schuhe darin ein, als sie hindurchstapften. Der Himmel war strahlend blau, und der Schnee glitzerte im Sonnenschein. Die grünen Hügel von gestern waren unter einer dicken, weißen Decke verschwunden, die sich bis zu den Berggipfeln am Horizont erstreckte.

„Schau mal!" Ryan deutete auf ein Rotkehlchen, das in der Hecke gelandet war. Seine rote Brust war ein leuchtender Farbklecks in der monochromen Welt rundum.

„Sieht aus wie ein Bild auf einer Weihnachtskarte." Sam lächelte.

„Ja, wirklich."

Der kleine Vogel zirpte und fixierte sie mit einem wachsamen Blick, dann flatterte er davon in einen Baum.

Sams Handy summte. „Oh, es geht los." Er schaute auf das Display. „Eine SMS von Jon... und auch ein paar von meiner Mum." Er las, während sie weitergingen. „Ja. Jon schreibt, sie schaffen es nicht. Der Schnee ist ‚voll die sackblöde Scheiße' – das ist ein Zitat. Er wollte versuchen, durchzukommen, aber seine Mum hat sich quergestellt und seinen Autoschlüssel konfisziert."

Ryan lachte leise. „War vermutlich auch besser so. Guck dir das an!" Er trat absichtlich in eine Schneewehe am Straßenrand und sank bis übers Knie darin ein.

„Meine Mum ist am Ausflippen." Sam runzelte die Stirn, während er die Nachrichten auf seinem Handy las. „Anscheinend ist für morgen noch mehr Schnee vorhergesagt. Sie macht sich Sorgen, weil wir morgen wieder heimfahren wollen."

Angesichts von Sonnenschein und blauem Himmel hatte Sam angenommen, der Schnee würde soweit wegtauen, dass sie es bis zur Hauptstraße schaffen konnten. Doch plötzlich wurde ihm klar, dass das ein bisschen naiv war. Die Luft war so eisig, dass ihm die Lungen wehtaten und die Nase taub wurde. Bei diesen Temperaturen konnten solche Schneemassen unmöglich schmelzen. Bis zur nächsten Straße, die tatsächlich geräumt und gestreut sein könnte, waren es mehrere Meilen. Und falls es tatsächlich noch mehr schneien sollte, hatten sie keine große Chance, überhaupt so weit zu kommen. Morgen war Heiligabend. Wenn sie nicht zurückfahren konnten, war es das. Sie würden über Weihnachten im Cottage sein.

„Shit." Das Lächeln auf Ryans Gesicht verblasste. „Ja, daran hatte ich gar nicht gedacht. Also könnten wir für ein paar Tage hier festsitzen?"

„Ja." Sam dachte an Truthahnbraten mit allem Drum und Dran, den Baum, den dicken, raschelnden Weihnachtsstrumpf, der immer noch jedes Jahr zu Mitternacht am Fußende seines Bettes landete – geworfen von seinem Dad, selbst wenn er noch wach war – und sein Herz wurde schwer vor Enttäuschung. Er hatte die Aussicht auf Weihnachten mit seiner Familie vielleicht nicht wahnsinnig aufregend gefunden, aber jetzt, wo er wusste, dass ihm das entgehen würde, erschien es ihm irgendwie sehr viel reizvoller. „Das ist echt Scheiße."

„Danke, Mann. Ich liebe dich auch."

Sam blickte von seinem Handy auf und sah Ryans sarkastischen Gesichtsausdruck, aber für einen Moment wirkte er auch ein bisschen verletzt.

„So hab' ich das doch nicht gemeint, und das weißt du auch, du Blödmann. Es ist nur... du weißt schon. Weihnachtsessen und Deko und Geschenke und so. Wirst du das nicht auch alles vermissen?"

Ryan zuckte die Achseln. „Eigentlich nicht. Ich wäre bei meinem Dad gewesen, schon vergessen? Da hätte ich dann fünftes Rad am Wagen gespielt, während er mit Nicola rumschmust. Sowas kann einem den besten Truthahnbraten der Welt vermiesen. Seit Mum und Dad sich getrennt haben, mag ich Weihnachten sowieso nicht mehr besonders gern. Es war immer ätzend, herumgekarrt zu werden und einen Teil des Tages beim einen zu verbringen, den anderen Teil beim anderen."

„Dann bist du also lieber hier und isst mit mir Bohnen auf Toast?", neckte Sam und war froh, als Ryan wieder lächelte.

„Ja. So ungefähr."

„Okay. Tja, wenn wir schon noch mindestens ein paar Tage hierbleiben, brauchen wir einen Plan. Wir müssen alle anrufen und Bescheid sagen, was los ist, und dann müssen wir nochmal ins Dorf und Vorräte kaufen."

Sam telefonierte mit seinen Eltern, während Ryan mit

seinem Vater sprach. Dann riefen sie Jon von Sams Handy aus an – er hatte den besseren Empfang – um sich zu vergewissern, dass es okay war, wenn sie länger im Cottage blieben als geplant.

„Ja klar ist das okay, ihr Idioten." Jons Stimme klang blechern, da sie ihn auf Lautsprecher gestellt hatten. „Was wollt ihr denn sonst machen, ein Iglu bauen? Mum sagt, ihr sollt euch einfach nehmen, was ihr braucht. Bedient euch ruhig an den Vorräten in der Küche, und im Schuppen ist noch mehr Feuerholz."

„Okay, und bedank' dich für uns bei ihr", sagte Sam.

„Mach' ich. Okay, Jungs, viel Spaß noch."

„Danke, Mann. Fröhliche Weihnachten."

Die Verbindung brach ab.

Sam und Ryan schauten einander an, und eine überschäumende Begeisterung stieg in Sam hoch. Er konnte das Lachen nicht zurückhalten, das aus ihm heraussprudelte.

„Das ist echt irre", sagte er. „Nicht zu fassen, dass wir Weihnachten wahrhaftig hier verbringen werden."

Ryan grinste. „Ja, stimmt. Aber dann müssen wir unbedingt einkaufen gehen. Ich will nämlich essen, bis ich umfalle, selbst wenn ich keinen Truthahn kriege. Egal, wo ich bin. Das ist Tradition."

„Also dann, gehen wir in den Laden?"

„Auf geht's."

DIE GLOCKE über der Tür bimmelte, als sie in die Wärme des Dorfladens traten.

„Guten Morgen", begrüßte sie eine fröhliche Frauenstimme, und als Sam aufblickte, lächelte ihn die Frau hinter der Ladentheke freundlich an. Bei seinem gestrigen Besuch hatte ihn ein Mädchen im Teenageralter bedient, und sie hatte ihn zwar neugierig angeschaut, aber nur mit ihm gesprochen, als sie sein Geld genommen und das Wechselgeld herausgegeben hatte. „Wo kommt ihr denn jetzt her? Um diese Jahreszeit haben wir hier nicht viele Touristen."

„Hallo", antwortete Ryan, bevor Sam dazu kam. „Wir wohnen in *Hafan Dawel.*" Er sprach es unbeholfen aus, da er Mühe mit den ungewohnten Silben hatte.

„Ah." Sie nickte. „Ja, das kenne ich. Schön, zu sehen, dass es genutzt wird." Sie musterte sie, und Sam konnte ihr ansehen, dass sie fast umkam vor Neugier, also tat er ihr den Gefallen.

„Das Cottage gehört den Eltern eines Freundes von uns. Er hätte auch hier sein sollen, aber wir sind einen Tag früher gefahren, und jetzt kann er wegen des Schnees nicht kommen."

„Ach, ja." Sie nickte und runzelte die Stirn. „Schlimm, nicht wahr? Ich glaube nicht, dass in den nächsten paar Tagen irgendwer bei uns im Dorf rein oder raus kommen wird. Heute Abend soll es ja noch mehr schneien. Zum Glück haben wir gestern eine große Lieferung reingekriegt, denn der LKW wird ja auch nicht mehr durchkommen. Wenn ihr Lebensmittel kaufen wollt, würde ich mich jetzt eindecken. Wir sind hier bald restlos ausverkauft, wenn die Leute nicht zum Supermarkt fahren können."

„Danke für die Warnung", sagte Ryan. „Ist aber bestimmt gut fürs Geschäft, oder?"

„Stimmt. Oh, und nur damit ihr es wisst, ich habe

morgen bis Mittag offen, aber am ersten und zweiten Weihnachtstag ist geschlossen."

Ein Mann mit einem vollen Einkaufskorb kam an die Kasse und unterbrach das Gespräch. Sam und Ryan nutzten die Gelegenheit, sich ebenfalls jeder einen Korb zu nehmen und den Laden nach Dingen zu durchstöbern, die sie kaufen wollten.

Am Ende hatten sie ein abenteuerliches Sortiment an Lebensmitteln zusammen, aber Sam war wenigstens zuversichtlich, dass sie in den nächsten paar Tagen nicht hungern würden. Sie hatten so viel zu tragen, dass sie unmöglich auch noch Bier mitnehmen konnten. Stattdessen packten sie ein paar Flaschen billigen Wein ein.

Als sie gerade bezahlen wollten, wurde Sam von einem Ständer mit Weihnachts-Dekoartikeln abgelenkt.

„Was hast du gefunden?" Ryan kam und schaute ebenfalls.

Sam legte eine Lichterkette und ein paar Stränge rotes und goldenes Lametta in seinen Einkaufskorb. „Tut mir leid, aber ich weigere mich, Weihnachten ganz ohne Deko zu feiern. Ich bezahl' das auch." Er schob trotzig das Kinn vor und machte sich auf Ryans Spott gefasst.

Doch Ryan sah ihn nur an, und dann lächelte er ein bisschen, als könnte er einfach nicht anders. „Nee, ist schon gut. Pack' das zu dem ganzen anderen Kram, und wir teilen es uns."

„Danke." Sam grinste.

Die Frau hinter dem Tresen redete wieder auf sie ein, während sie kassierte und ihre Einkäufe für sie in Tüten packte. „Damit kommt ihr bestimmt über die Runden. Seid ihr über Weihnachten hier?"

„Tja, jetzt schon“, antwortete Ryan. „Geplant war das nicht.“

„Oh, das ist aber schade. Eure Mütter werden ihre Jungs sicher vermissen.“

Ryan gab ein unverbindliches Brummen von sich, und Sam bewahrte ihn vor weiteren peinlichen Fragen, indem er schnell das Thema wechselte und sich nach ihren Weihnachtsplänen erkundigte. Als sie damit fertig war, ihnen von ihren beiden Töchtern und deren Familien zu erzählen, die nahe genug wohnten, dass sie trotz des Wetters zum Weihnachtsessen kommen konnten, hatten sie bezahlt und waren bereit zum Aufbruch.

„Also dann, fröhliche Weihnachten“, sagte sie, während Ryan und Sam sich mit ihren Einkaufstüten beluden.

„Danke. Fröhliche Weihnachten“, antworteten sie.

VIER

Als sie wieder im Cottage waren, packten sie ihre Einkäufe aus und trockneten ihre Schuhe vor dem Feuer, während sie Tee tranken und sich durch eine halbe Packung Kekse futterten.

Sam hängte die Lichterkette über dem Kaminsims auf und umwickelte sie mit Lametta. Als er sie anschaltete, schimmerten die bunten Lämpchen in schönem Glanz.

„Na also", sagte er. „So ist es besser. Jetzt fühlt es sich wie Weihnachten an."

Es sah hübsch aus, das musste Ryan zugeben. Er verspürte ein widerstrebendes Flattern von Weihnachtsstimmung in der Brust, wie von einem frisch geschlüpften Schmetterling, der seine Flügel auszubreiten versuchte.

Sam setzte sich wieder zu ihm aufs Sofa, und dann starrten sie beide ins Feuer, das jetzt von der Lichterkette und glitzerndem Lametta umrahmt war.

„Es ist schon komisch, keinen Fernseher zu haben."

„Oder eine Xbox."

Da sie nichts weiter hatten, worauf sie sich konzentrieren konnten, klang ihre Unterhaltung gelegentlich etwas gekünstelt, aber das Schweigen zwischen den Worten war nicht unbehaglich. In den Gesprächspausen jedoch merkte Ryan, dass seine Gedanken zu letzter Nacht abschweiften. Er erinnerte sich daran, wie gut es sich angefühlt hatte, Sam in den Armen zu halten, und es überraschte ihn, dass ihm das heute nicht peinlicher war. Er fragte sich, ob Sam sich heute Nacht wieder ein Bett mit ihm teilen wollen würde. Er hoffte darauf.

Sie legten mehr Holz aufs Feuer, und Sam machte es sich mit einem ramponierten alten Agatha-Christie-Krimi gemütlich, den er auf der Kommode gefunden hatte, während Ryan auf seinem Smartphone ein Spiel spielte. Nach ungefähr einer Stunde bekamen sie wieder Hunger – Ryan gab der Kälte die Schuld an seinem ständigen Bedürfnis nach Essen – also machten sie sich zum Mittagessen eine Suppe warm und aßen reichlich Brot und Butter dazu.

Nach dem Essen fand Ryan nicht zur Ruhe. Normalerweise war er ein sehr aktiver Mensch, und die Enge im Cottage machte ihn allmählich hibbelig. Sam schien damit zufrieden zu sein, sich auf dem Sofa einzuigeln und zu lesen, aber Ryan brauchte eine Beschäftigung.

„Ich geh‘ mal noch Feuerholz holen.“

Die Scheite im Korb wurden ein bisschen knapp. Falls die im Schuppen nass waren, wäre es gut, sie hereinzuholen, damit sie trocknen konnten

Sam blickte auf, und das Haar fiel ihm über die Augen. „Brauchst du Hilfe?“

„Nein, ist schon okay. Ich brauch' nur was zu tun."

Sam lächelte. „Du bist wie ein Hund, der seinen Spaziergang braucht."

Ryan versuchte es nicht abzustreiten. „Ja, von mir aus. Du bist ein fauler Sack. Manche Leute haben gern was zu tun."

„Dann geh los und tu was. Ich bleibe hier und entspanne mich. Aber ich will später nochmal raus in den Schnee."

ZU SEINER FREUDE fand Ryan einen großzügigen Vorrat von guten Holzscheiten aufgestapelt im Schuppen. Sie waren zu groß, um sie direkt zu verbrennen. Aber er hatte auch eine Axt gefunden, und so verbrachte er eine unbeschwerte halbe Stunde damit, sie in handlichere Stücke zu hacken. Als er fertig war, schmerzten seine Schultern, und ihm war so warm, dass er schwitzte. Er hatte sich bis aufs T-Shirt ausgezogen und sein Fleece um die Taille gebunden.

Ryan lud den Korb voll und brachte ihn wieder ins Haus, wo er Sam dösend auf dem Sofa vorfand. Er hing zusammengesunken in der Sofaecke, und das Buch, das offen auf seiner Brust lag, hob und senkte sich kaum merklich, wenn er atmete. Ryan nutzte die Gelegenheit, ihn für einen Moment zu betrachten. Eine wirre Haarsträhne hing Sam ins Gesicht. Ryan juckte es in den Fingern, sie beiseite zu streifen und die feinen Bartstoppeln auf Sams Wangen zu ertasten.

Stattdessen stieß er ihm seine bestrumpften Zehen in die Rippen und wackelte damit, bis Sam sich krümmte.

„Uff. Du Blödmann." Sam packte Ryan am Knöchel und zog, bis Ryan das Gleichgewicht verlor und auf ihn drauf fiel. Für einen Moment balgten sie sich lachend.

„Du drückst mein Buch platt!", rief Sam. Er gab ihm einen kräftigen Schubs, und Ryan kullerte vom Sofa und landete zwischen Couch und Kaffeetisch. „Autsch!"

„Geschieht dir recht, du Grobian." Sam grinste triumphierend auf ihn hinab. Dann wanderte sein Blick ein Stück weiter nach unten, und Ryan merkte, dass sein T-Shirt hochgerutscht war und sein Bauch frei lag. Er war ziemlich stolz auf seine Bauchmuskeln, daher hatte er normalerweise nichts dagegen, sie herzuzeigen. Aber bei der Art, wie Sam sie anstarrte, wurde Ryan unbehaglich heiß. Schnell stand er auf, und dabei wurde ihm bewusst, dass er schon von diesem hungrigen Blick, mit dem Sam ihn angesehen hatte, einen Ständer bekam. Verdammte Scheiße. Er würde die nächsten Tage niemals durchstehen, ohne dass Sam etwas bemerkte. Ein Teil von Ryan wollte, dass Sam es bemerkte, aber er war hin- und hergerissen. Was würde das für ihre Freundschaft bedeuten?

AM NACHMITTAG BRACHEN sie zu einem Spaziergang über die Wiesen hinter dem Cottage auf, wo ein Wanderweg ausgeschildert war. Der Schnee war nahezu unberührt. Stellenweise hatten Schafe ihre Spuren hinterlassen, doch ein Großteil der Herde hatte sich in der Nähe eines Unterstands an der Talsohle zusammengedrängt, wo sie aus Trögen fraßen, statt unter dem Schnee nach Gras zu suchen.

Hinterher würde Sam abstreiten, dass er angefangen hatte.

Er habe auf einen Baum hinter Ryan gezielt, nicht auf Ryan selbst, behauptete er beharrlich. Doch was auch immer sein eigentliches Ziel gewesen war, Sams Schneeball traf Ryan genau mitten ins Genick, explodierte beim Aufprall und ließ Pulverschnee in den Spalt zwischen Wollmütze und Jacke rieseln.

Danach brach Chaos aus. Schneebälle flogen hin und her, sie rannten und wichen aus, lachten und blödelten herum. Sie waren in einem kleinen Wäldchen mit ein paar Bäumen und Büschen als Deckung, doch sobald sich einer von ihnen auf der Suche nach einem Fleckchen Schnee für neue Munition herauswagte, nutzte der andere die Gelegenheit und feuerte die nächste Salve Schneebälle ab.

Schließlich, frustriert, weil Sam erstaunlich gut zielen konnte, griff Ryan auf seine Rugbykenntnisse zurück. Er packte Sam und riss ihn um, dass er mit einem „Umpf!" der Länge nach im Schnee landete. Natürlich ging Ryan mit zu Boden. Aber inzwischen war er so nass und durchgefroren, dass ihm das egal war.

Sie waren auf einem Abhang, und durch den Zusammenstoß gerieten sie ins Rollen und kullerten hinunter, bis Ryan sich fragte, ob sie zu einem Riesen-Schneeball werden würden, wie Figuren in einem Zeichentrickfilm. Doch schließlich wurde das Gelände flacher, und sie kamen lachend und keuchend zum Halten.

Am Ende steckte Sam unter Ryan fest und lachte laut los. Er hatte irgendwo unterwegs seine Mütze verloren, und das Haar hing ihm in die Augen. Schneekristalle hatten sich darin verfangen und glitzerten im Sonnenschein. Sein Lächeln war breit und ansteckend, und Ryan lachte ebenfalls, für einen Moment völlig geblendet. Dann wanderte Sams Blick über Ryans Schulter und heftete sich auf etwas hinter ihm.

„Sind das Misteln?", fragte er.

Ryan stemmte sich hoch und reichte Sam die Hand, um ihm auf die Füße zu helfen. Dann legte er den Kopf in den Nacken und spähte mit zusammengekniffenen Augen nach dem kugelförmigen, belaubten Gebilde in den Ästen des kahlen Baums über ihnen. „Ich glaube schon."

Er schaute wieder zu Sam, und dann wurde ihm bewusst, dass er immer noch seine Hand hielt. Sie trugen beide Handschuhe, und Ryan wünschte, es wäre nicht so. Er wollte Sams Haut fühlen. Für einen Moment starrten sie einander an, und Sam leckte sich die Lippen. Sie waren rosig, ein bisschen aufgesprungen von der Kälte, und Ryans Blick blieb an ihnen hängen. Sein Herz pochte, und eine panische Hitze überschwemmte ihn.

Er ließ Sams Hand los, als hätte er sich daran verbrannt, und trat hastig zurück. Für einen Moment glaubte er Enttäuschung in Sams Augen aufblitzen zu sehen.

„Meine Zehen sind schon ganz taub, und ich habe eine halbe Tonne Schnee unter dem Hemd", sagte Ryan. „Wollen wir nicht mal langsam wieder zurück?"

„Okay."

Sie stapften den Hügel hinauf, beide tief in Gedanken. Keiner von ihnen sagte ein Wort, bis sie wieder im Cottage waren.

„VERDAMMTE SCHEISSE, ist mir kalt." Ryan bibberte, als er seine schneenassen Sachen auszog. Bei ihrer Rückkehr hatten sie gleich als erstes das Feuer wieder angefacht, und jetzt breiteten sie ihre nassen Sachen über dem Kamingitter zum Trocknen aus.

Sie hatten sich beide bis auf die Boxershorts ausgezogen – die einzigen Kleidungsstücke, die nach der Schneeballschlacht und dem Herumrollen im Schnee noch trocken waren. Ryan konnte sich nicht davon abhalten, die schlanke Anmut von Sams halbnacktem Körper zu bewundern. Seine Haut war unglaublich blass, und seine Nippel waren dunkelrosa, klein und hart vor Kälte. Als er die Hand hob, um sich die nassen Haare aus der Stirn zu streichen, erhaschte Ryan ein kurzes Aufblitzen von rötlichbraunen Achselhaaren. Ein ebensolcher Haarstreifen führte von seinem Bauchnabel bis zu der Beule in seinen buntgemusterten Boxershorts. Dort blieb Ryans Blick hängen. Er konnte einfach nicht anders.

„Meine Glöckchen gefallen dir, was?"

Ryans Aufmerksamkeit war schlagartig wieder auf Sams amüsiertes Gesicht gerichtet.

„Hm?" Sein Mund war trocken, und er war sich sicher, dass er einen feuerroten Kopf bekommen hatte, nachdem er seinem Kumpel auf die Weichteile gestarrt hatte und dabei erwischt worden war.

„Meine Weihnachtsunterhose." Sam deutete mit einer Handbewegung auf seine Leistengegend, also ließ Ryan den Blick wieder nach unten wandern. Verspätet registrierte er, dass Sams leuchtend rote Boxershorts mit kleinen, paarweise mit grünem Band zusammengebundenen gelben Glöckchen bedruckt war.

„Oh ja." Ryan versuchte, mit normaler Stimme zu sprechen, aber es klang ein bisschen piepsig. „Sehr festlich, Mann", brachte er heraus.

„Daran ist meine Schwester schuld. Sie hat sie mir letztes Jahr aus Jux gekauft, aber ich finde sie ganz niedlich."

Sam wandte sich ab und bückte sich, um das Feuer zu schüren. Die Rundung seines Hinterteils und seine langen, blassen Beine waren verwirrend.

Viel zu niedlich, verdammt nochmal, dachte Ryan.

Er musste sich zwingen, sich umzudrehen und Sam nicht länger anzustarren. „Okay. Ich geh' dann mal duschen." Wahrscheinlich musste er eine kalte Dusche daraus machen.

„Ich komm' mit rauf und hole mir was Trockenes zum Anziehen."

Sam folgte Ryan, und während sie die Treppe hinauf gingen, fragte Ryan sich die ganze Zeit, ob Sam ihm jetzt genauso auf den Hintern starrte, wie er ihm vorhin auf den Hintern gestarrt hatte. Sam war schwul, da war es ja wohl selbstverständlich, dass er bei anderen Männern auf die Ärsche schaute, selbst wenn er nicht auf sie stand. Genauso, wie Hetero-Männer bei jeder Frau die Möpse abcheckten. Aber könnte Sam auf Ryan stehen?

Darüber grübelte Ryan nach, während er sich in der engen Duschkabine unter dem nicht-wirklich-heißen Wasser schnell abschrubbte. Die Art, wie Sam ihn in den letzten zwei Tagen ein paarmal angeschaut hatte, gab ihm zu denken. Und dieser sonderbare, erregende Moment vorhin unter dem Mistelbusch... Ein paar berauschende Sekunden lang hatte er gedacht, Sam könnte tatsächlich versuchen, ihn zu küssen. Aber natürlich hielt Sam ihn für hetero, also würde er so etwas nie tun. Wenn Ryan wollte, dass zwischen ihnen etwas passierte – und er glaubte allmählich, dass er das tatsächlich wollte – würde er von sich aus etwas sagen... oder etwas tun müssen.

Als Ryan aus der Dusche kam, fand er Sam im Schlafzimmer vor, wieder voll bekleidet und gerade dabei, sich die Socken anzuziehen. Das Feuer unten hatte die Luft hier oben nicht wärmer gemacht. Ryan erschauerte, als ihm ein Wassertropfen über den Hals rann.

„Gott, es ist scheißkalt hier drin."

Sam hob den Kopf. Ryan spürte, wie ihm die Hitze in die Wangen stieg, als Sams Blick an seinem Bauch und Oberkörper hängen blieb, ehe er ihm schließlich in die Augen sah.

Da war es wieder. Das Feuer in Sams Augen, das er nie zuvor bemerkt hatte.

„Wäre es im anderen Schlafzimmer vielleicht wärmer?" Sam widmete sich wieder seinen Socken. „Es liegt über dem Wohnzimmer statt über der Küche."

Ryan wandte sich ab und ging in die Hocke, um in seiner Tasche nach sauberer Unterwäsche zu kramen. „Ja, das kann gut sein. Der Kamin führt durch das andere Zimmer nach oben, also kriegt es wahrscheinlich ein bisschen mehr Wärme von unten ab." Er richtete sich auf und versuchte – vergebens – sich nicht befangen zu fühlen, als er sein Handtuch fallen ließ und rasch in seine Unterwäsche stieg, wobei er sich fragte, ob Sam ihn gerade wieder so anschaute.

„Vielleicht sollten wir heute Nacht dort schlafen", schlug Sam vor. „Falls es dir nichts ausmacht, dass wir uns wieder ein Bett teilen müssen?"

„Kein Problem." Ryan zog sich weiter an und verbarg sein Lächeln mit dem T-Shirt, das er sich über den Kopf zog.

„Es macht Sinn." Sam hörte sich an, als glaubte er, Ryan überreden zu müssen. „Warum sollen wir frieren? Wie bei den Pinguinen – die stehen auch alle auf einem Haufen und wärmen sich gegenseitig, nicht?"

„Sam, ich habe nichts dagegen, wenn wir uns ein Bett teilen. Du schnarchst nicht, und du stinkst auch nicht oder so. Es ist okay. Es ist eine gute Idee."

Als er Sam anschaute, zupfte der gerade seine Socke zurecht und wich seinem Blick aus. Doch seine Wangen waren rosa, und ein angedeutetes Grinsen spielte um seine Mundwinkel.

LETZTENDLICH BETRANKEN sie sich an diesem Abend ein bisschen mit dem billigen Wein. Satt vom Abendessen – wieder Dosenfraß – igelten sie sich im Wohnzimmer vor dem Feuer ein und arbeitete sich durch anderthalb Flaschen Rotwein, während sie Backgammon spielten.

Diesmal kämpften sie nicht so erbittert um den Sieg. Schließlich kam es beim Backgammon mehr auf Glück als auf Können an. Aber sie kabbelten sich, während sie spielten, und empfanden tiefe Genugtuung dabei, die Spielsteine des anderen zu schlagen oder zu blockieren, wenn er sie wieder ins Spiel bringen wollte.

Als sie von dem Spiel genug hatten, setzten sie sich an die gegenüberliegenden Enden des Sofas. Doch da es ein winziger Zweisitzer war, hatten sie kaum Platz, um die Beine auszustrecken. Sams Zehen drückten sich gegen Ryans Hüften und umgekehrt. Nachdem sie ihren Wein ausgetrunken hatten, war Ryan angenehm beduselt. Warme Zufriedenheit erfüllte ihn, als er sich in dem kleinen Zimmer umblickte. Schwach erhellt von einer einzelnen Lampe in der Ecke war es richtig gemütlich. Das Feuer prasselte, und als er einatmete, nahm er den leichten Duft nach Holzrauch wahr, der das Cottage durchdrang.

Sam wackelte mit den Zehen und Ryan packte seinen Fuß.

„Hör auf zu zappeln." Er hielt Sams Zehen still.

„Die sind kalt", klagte Sam. „Ich wollte nur die Durchblutung wieder in Gang bringen."

„Obwohl du zwei Paar Socken anhast?"

Sam zuckte die Achseln. „Sie sind immer noch kalt, nachdem sie vorhin im Schnee nass geworden sind. Das ist gut. Mach weiter."

Ryan hatte nicht einmal gemerkt, dass er angefangen hatte, Sam die Füße zu massieren. Doch er machte weiter und versuchte, sie mit seinen Händen zu wärmen. Er spürte selbst durch die Socken, wie kalt sie waren. Sam seufzte und lehnte sich mit einem seligen Lächeln auf den Lippen zurück.

SPÄTER MACHTEN sie es sich zusammen in dem Doppelbett gemütlich. Es war viel bequemer als das Einzelbett – und natürlich nicht so beengt. Doch obwohl sie mehr Platz hatten, hielten sie einander eng umschlungen.

„Uns gegenseitig warmzuhalten ist doch der Sinn des Ganzen, nicht?“, sagte Sam, als er sich um Ryan herum zusammenrollte – großer Löffel und kleiner Löffel.

Ryan antwortete nicht, aber er fasste nach Sams Arm und schlang ihn sich um die Taille. Sam schlängelte sich näher heran, und sein Atem fing sich in den kurzen Härchen in Ryans Nacken und ließ ihn erschauern.

„Ist dir immer noch kalt?“, fragte Sam.

„Wird langsam wärmer.“

Sam so dicht bei sich zu haben wärmte Ryan nicht nur körperlich. Der Alkohol und ein Aufwallen von Zuneigung machten ihn mutig, und die Worte waren heraus, ehe er darüber nachdenken konnte, was er sagte und ob es eine dumme Idee war. „Vorhin, unter dem Mistelbusch... da wollte ich dich küssen, weißt du.“

Ryans Herz pochte, während er auf Sams Antwort wartete. Eine Zeitlang blieb alles still, und Ryan fragte sich, ob Sam eingeschlafen war. Er wusste nicht, ob er erleichtert oder enttäuscht sein sollte.

Doch dann flüsterte Sam schließlich: „Ich dich auch.“

Wieder herrschte Stille, abgesehen von ihren Atemzügen und dem Schrei einer Eule draußen. Ryans Herz raste. Konnte er es wagen, sich umzudrehen und Sam jetzt zu küssen? Was würde passieren, wenn er das tat? Doch dazu fehlte ihm der Mut, und je länger er wartete, desto mehr fürchtete er die Konsequenzen. Und so verstrich der Moment.

Am Ende siegten der Rotwein und die Müdigkeit über Angst und Verliebtheit, und Ryans Pulsschlag verlangsamte sich wieder. Doch noch beim Einschlafen verfluchte er sich dafür, die perfekte Gelegenheit für einen Vorstoß verpasst zu haben.

FÜNF

Ryans Atemzüge wurden langsam und gleichmäßig, doch Sam lag noch ewig lange wach. Ryans Worte hatten ihn aus der Bahn geworfen. Vielleicht hatte er das nur gesagt, weil er betrunken war, aber trotzdem. Hetero-Männer gaben normalerweise nicht einfach so zu, dass sie ihren schwulen besten Kumpel küssen wollten, nur weil sie ein bisschen angeschickert waren. Nach Sams Erfahrung löste Alkohol zwar die Zunge, aber er brachte einen nur dazu, die Wahrheit zu sagen – und vielleicht Dinge zuzugeben, die man ansonsten für sich behalten hätte.

In diesen Momenten nach Ryans Geständnis und seiner Antwort war Sam ganz sicher gewesen, dass gleich etwas passieren würde. Er nahm die Spannung zwischen ihnen wahr, wie eine physische Kraft, und er hatte nur darauf gewartet, dass Ryan sich umdrehte und den imaginären Kuss verwirklichte.

Doch es war nichts passiert.

Wenn aus ihrer Freundschaft jemals mehr werden sollte,

musste der Impuls dazu von Ryan kommen, das wusste Sam. Er begehrte ihn schon lange, aber er würde Ryan niemals zu etwas drängen, was er hinterher bereuen würde. Nicht auszudenken, dass Ryan sich in seiner Gegenwart unwohl fühlen könnte, und der Schmerz einer Zurückweisung von Ryan wäre völlig unerträglich. Sich nach seinem unerreichbaren heterosexuellen Kumpel zu sehnen war schon schlimm genug, aber er hatte einen Weg gefunden, damit umzugehen. Er hatte schließlich bis jetzt überlebt. Aber alles zu versauen und Ryans Freundschaft wegen eines flüchtigen sexuellen Abenteuers zu verlieren war etwas ganz anderes.

Allerdings hätte er es nur zu gern gewusst. War Ryan schwul? Oder nur neugierig? Wenn Sam Antworten haben wollte, würde er ihn fragen müssen.

Vielleicht würde er das tun.

Morgen.

SAM DACHTE DARAN, es beim Frühstück zur Sprache zu bringen, aber Ryan war ziemlich wortkarg. Er hatte länger geschlafen als Sam und kam schließlich gegen halb zehn nach unten gestolpert, als Sam gerade seine zweite Tasse Tee trank.

Ryan brummelte so etwas wie eine Begrüßung und ging an Sam vorbei direkt in die Küche.

Als er mit Tee und Toast wieder herauskam, setzte er sich auf den Sessel statt auf seinen üblichen Platz neben Sam auf dem Sofa.

„Uh, mein Kopf." Ryan runzelte die Stirn. „Wieviel

von diesem blöden Wein haben wir gestern Abend getrunken? Haben wir beide Flaschen geleert?"

Sam nickte. „Mehr oder weniger. Ich glaube, in einer ist noch ein winziger Rest drin. Du spürst ihn, was?" Ihm selbst ging es nicht allzu schlecht. Heute Morgen hatte er sich ein bisschen dehydriert gefühlt, aber jetzt war er bereits wieder ganz munter. Er war überrascht, dass Ryan so mitgenommen wirkte.

„Ich kann mich kaum noch daran erinnern, wie ich ins Bett gekommen bin." Ryan griff nach seiner Tasse, umfasste sie mit beiden Händen und pustete den Dampf weg, der daraus aufstieg.

Sams Herz wurde schwer, und ein Funken Verärgerung flackerte heiß in ihm auf, als Ryan ihm auf diese Tour kam. Sam glaubte keine Sekunde lang, dass Ryan nicht mehr wusste, was er gesagt hatte. Vermutlich erinnerte er sich nur *zu* gut daran, und offensichtlich war er deswegen gerade am Durchdrehen.

„Wirklich?" Er widerstand dem Drang, die Augen zu verdrehen. „Für mich hat's nicht so ausgesehen, als ob du so schlimm dran gewesen wärst."

Ryans Gesicht rötete sich auf eine Art, die von Unbehagen sprach. „Ja. Ich weiß auch nicht. Ich glaube, ich war ziemlich weggetreten."

Sam konnte sich noch gut daran erinnern, wie sich eine schwule Krise anfühlte. Er verspürte ein gewisses Mitgefühl für Ryan, obwohl er ein bisschen sauer auf ihn war, weil sich so feige verhielt. „Milchtrinker", sagte er spöttisch, spielte mit, um die Stimmung aufzuhellen. Er wechselte das Thema. „Über Nacht hat es noch mehr geschneit, glaube ich. Keine Berge, aber ein paar Zentimeter schon, wie's aussieht."

„Verflixt. Ich frage mich, wie lange wir hier noch festsitzen werden."

„Mum hat gemeint, dass es bis zum zweiten Weihnachtstag wohl tauen soll", sagte Sam. „Dann wird es wärmer. Also sollten wir es spätestens bis zum siebenundzwanzigsten nach Hause schaffen."

AM NACHMITTAG WAGTEN sie sich nach draußen.

Der Schnee knirschte unter ihren Füßen, wo er geschmolzen und wieder gefroren war. Auf der vereisten Straße gab es ein paar lebensgefährlich glatte Stellen; sie verließen den Asphalt, sobald sie konnten, und gingen wieder über die Wiesen. Eine Abzweigung brachte sie bis nach oben auf den Hügelkamm und führte dann wieder hinunter ins Tal, wo sie gestern gewesen waren. Heute wanderten ein paar Schafe auf den Hängen herum und scharrten im Schnee nach dem Gras darunter. Als Sam und Ryan an ihnen vorbeigingen, hoben die Tiere die Köpfe, beobachteten sie argwöhnisch und trollten sich schnell, wenn sie ihnen zu nahekamen.

„Ihre Augen sind so komisch", sagte Sam. „Ich finde die richtig unheimlich."

Als sie unten im Tal ankamen, erkannte Sam die Stelle sofort. Dort waren sie gestern gelandet, als sie von der gegenüberliegenden Seite heruntergepurzelt waren. Er konnte immer noch die Furchen sehen, die sie im Schnee hinterlassen hatten, obwohl in der Nacht eine frische Schicht gefallen war.

Ein Vogel zwitscherte über ihnen, und Sam blickte auf und versuchte ihn ausfindig zu machen. Doch dann entdeckte er die Eiszapfen, die von den Zweigen hingen und in der Sonne funkelten wie Kristallscherben, und der Vogel war vergessen.

„Schau nur!"

Ryan legte den Kopf in den Nacken, schaute nach oben und lächelte. „Oh, wow. Ist das schön."

„Nicht wahr?"

Für einen Moment starrten sie beide die Eiszapfen an, wie gebannt von dem seltenen Anblick. Da sie in Südengland lebten, hatten sie als Kinder eher gräulich-grüne als weiße Weihnachten erlebt. Selbst in den kälteren Monaten Januar und Februar gab es dort, wo sie wohnten, selten Schnee. Dann zwitscherte der Vogel – ein Rotkehlchen – erneut und hüpfte von Ast zu Ast, bis er sich schließlich auf dem Mistelbusch von gestern niederließ, fast genau über ihren Köpfen.

Sams Magen schlug einen Purzelbaum, und als er den Blick von den immergrünen Blättern und merkwürdigen weißen Beeren losriss, stellte er fest, dass Ryan ihn anstarrte.

Etwas an Ryans Gesichtsausdruck war eigenartig; er wirkte beinahe ängstlich. Sam wandte sich ab, doch Ryan fasste ihn mit einer Hand an der Schulter und hielt ihn zurück.

„Sam, weißt du noch, was ich gestern Abend zu dir gesagt habe?"

Sam nickte. Seine Kehle war wie zugeschnürt. „Ich

dachte, du könntest dich nicht an gestern Abend erinnern, weil du so viel Wein getrunken hast“, sagte er herausfordernd.

„Ich hab‘ gelogen.“ Ryans Griff wurde fester. Sein Daumen grub sich durch die Jacke hindurch in Sams Schlüsselbein. „Ich war vielleicht ein bisschen angeschickert. Aber ich weiß noch genau, was ich gesagt habe. Und das habe ich ernst gemeint.“

Sam schluckte und hob dann das Kinn ein bisschen. „Na dann, mach nur.“

Er rechnete nicht damit, dass Ryan *tatsächlich* etwas tun würde.

Doch Ryan tat es.

Es war kein perfekter Kuss. Er war unbeholfen und ein bisschen unbehaglich, da ihre Lippen von der Kälte trocken und aufgesprungen waren. Anfangs war Ryan zögerlich; er wollte nach der ersten Berührung ihrer Lippen gleich wieder zurückweichen, doch Sam fasste ihn mit einer Hand am Genick, hielt ihn fest und öffnete leicht den Mund, um ihn zu ermutigen. Ryan gab einen gedämpften Laut von sich, der wahrscheinlich Zustimmung ausdrücken sollte. Was auch immer es war, es genügte Sam, um näher zu treten und Ryan einen Arm um die Taille zu schlingen. Ryan umfasste Sams Gesicht mit beiden Händen. Seine Handschuhe waren feucht und kalt, doch Sam bemerkte es kaum. Er war viel zu versunken in der süßen Innigkeit des Kusses, um sich groß darum zu kümmern.

Ein Miauen aus einem nahen Stechpalmengebüsch unterbrach ihren filmreifen Moment abrupt.

Sam tauchte zum Luftholen auf und stellte befriedigt fest, dass Ryan ziemlich benommen aussah.

„Was zum Teufel war das?", fragte Ryan.

Sam war es egal, was diese Geräusche machte, Küssen war wichtiger. Er packte Ryan am Kragen seiner Jacke, hielt ihn fest und reckte sich nach mehr.

Doch das Miauen kam erneut, diesmal noch lauter und hartnäckiger.

Sam fluchte im Stillen und versuchte, nicht zu verdrossen dreinzuschauen, als Ryan sich von ihm losmachte, zu dem Gebüsch ging und die stacheligen Blätter vorsichtig teilte, um hineinspähen zu können.

Sam folgte ihm, wobei sein Herz immer noch pochte und seine Lippen immer noch von dem Kuss kribbelten.

„Schau", sagte Ryan.

Die hellgrünen Augen waren das erste, was Sam sah, und die einzelne weiße Pfote der ansonsten tiefschwarzen Katze. „Da, direkt am Stamm. Siehst du sie?", fragte Ryan.

„Gerade mal so."

Blöde Spaßbremse, dachte Sam. *Hättest du mit dem Gemaunze nicht noch ein paar Minuten warten können?*

Die Katze miaute erneut und begann, durch die Zweige auf sie zu zu krabbeln. Ryan konnte sie als erster erreichen und fluchte, als die stacheligen Blätter sich an seinen Ärmeln und Handschuhen verfingen. Er nahm die Katze – das Kätzchen? Schwer zu sagen, aber sie hatte diese Schlaksigkeit eines Jungtiers – in die Arme, gab leise, beruhigende Laute von sich und streichelte sie, als sie ein bisschen zappelte, da ihr ihr Retter offensichtlich nicht ganz geheuer war.

„Schschscht, ist schon gut. Ich hab' dich. Was machst

du denn hier draußen? Das ist hier doch nichts für eine Katze. An einem Tag wie heute solltest du drinnen im Warmen bleiben."

Die Katze beruhigte sich und miaute nochmal, aber jetzt klang es eher zum Plaudern aufgelegt als panisch.

„Oh, du bist ja wunderschön." Ryan kraulte sie unter dem Kinn, und die Katze legte schnurrend den Kopf zurück. Sam machte ein finsteres Gesicht und versuchte seine lächerliche Eifersucht auf die Katze zu unterdrücken, weil sie Ryans Aufmerksamkeit von ihm abgelenkt hatte. „Was in aller Welt fangen wir jetzt mit ihr an?", fragte er.

„Tja, wir sollten wohl versuchen, ihren Besitzer zu finden." Ryan blickte sich suchend um.

„Katzen haben normalerweise kein großes Territorium, oder? Sie muss irgendwo in der Nähe wohnen."

Die Katze hatte kein Halsband um, das ihnen einen Hinweis gegeben hätte.

„Das einzige andere Haus in der Nähe ist das ein Stück weiter die Straße rauf von unserem." Sam deutete auf das Schieferdach, das am Horizont zu sehen war. Rauch kringelte sich aus dem Kamin, also war es offensichtlich bewohnt.

„Nun, das ist jedenfalls mal ein guter Anfang. Selbst, wenn sie nicht dorthin gehört – wenn die Leute, die dort wohnen, Einheimische sind, erkennen sie sie vielleicht."

Sie stapften den Hügel hinauf. Die Katze hatte sich behaglich in Ryans Arme gekuschelt. Als Sam sie anschaute, erwiderte sie seinen Blick mit ihren Stachelbeeraugen voll selbstgefälliger Zufriedenheit.

Sam hätte Ryan gern nach dem Kuss gefragt, was er bedeutet hatte, ob er mehr wollte. Aber Ryan war ganz auf die Katze konzentriert, turtelte immer noch leise mit ihr und streichelte sie im Gehen. Es war, als hätte es den Kuss nie gegeben. Vielleicht wünschte Ryan, es wäre so. Vielleicht bereute er seinen bi-neugierigen Moment bereits. Sams Magen rebellierte vor Nervosität, und in seinem Kopf purzelten Fragen und Überlegungen wild durcheinander.

Sam klopfte an die Tür des Cottages.

Die Katze begann in Ryans Armen zu zappeln und miaute wieder, doch Ryan hielt sie fest.

„Nein, nein, Freundchen. Warte noch, bis wir sicher wissen, dass du hier wohnst. Ich will nicht, dass du wegrennst und dich wieder verläufst."

Endlich ging die Tür auf, und eine alte Frau spähte heraus. Sie war klein und sah zerbrechlich aus. Beim Anblick der beiden jungen Männer vor ihrer Tür runzelte sie verwundert die Stirn. Doch dann miaute die Katze erneut, laut und eindringlich, und die Frau lächelte strahlend, als sie das kleine Geschöpf bemerkte, das sich strampelnd aus Ryans Griff zu befreien versuchte.

„Oh, ihr habt Nerys zurückgebracht. Ich habe mir solche Sorgen um sie gemacht!"

Ryan ließ die Katze schließlich los, die geradewegs ins Haus schoss, ohne ihre erfreute Besitzerin zu begrüßen.

„Sie wird am Verhungern sein." Die Frau schmunzelte. „Gleich an die Futterschüssel. Kleines Miststück."

Sam unterdrückte ein Kichern, als er sie so reden hörte. Der Kraftausdruck war unerwartet aus dem Mund dieser kleinen alten Dame.

„Wir haben sie ganz unten in dem Tal dort gefunden", sagte er und deutete in die Richtung. „In einem Gebüsch versteckt. War sie lange weg?"

„Ich habe sie gestern den ganzen Tag nicht gesehen. Wahrscheinlich war sie draußen, als es vorgestern Abend geschneit hat. Ich wäre sie selbst suchen gegangen, aber ich kann es heutzutage nicht mehr riskieren, im Schnee zu stürzen."

Sam bemerkte, dass sie sich auf einen Stock stützte.

„Tja, ich bin froh, dass wir sie für Sie gefunden haben, Mrs ..." Er hielt inne. „Ma'am."

„Ich bin Mrs. Evans, aber ihr könnt mich Mari nennen. Aber was denke ich mir nur, euch bei diesem Wetter draußen vor der Tür stehen zu lassen? Kommt doch kurz rein. Ich mache euch eine Tasse Tee. Ihr müsst ja halb erfroren sein."

Sie versuchten zu protestieren, aber sie war sehr hartnäckig.

„Nein, nein, wirklich. Ich bekomme nicht oft Besuch, und ich habe einen Bûche de Noël, der gegessen werden muss. Den habe ich gekauft, weil ich eigentlich morgen zu Weihnachten Gesellschaft haben sollte, aber jetzt kommen sie nicht. Wie schade. Jetzt kommt schnell rein, und macht die Tür hinter euch zu. Ich setze gleich mal Wasser auf."

Sie hatte sich bereits umgedreht und schlurfte auf ihren Stock gestützt zielstrebig davon. Sam sah Ryan an, der die Achseln zuckte und flüsterte: „Du hast die Dame gehört, und ich glaube nicht, dass sie ein ‚nein' als Antwort gelten lässt."

Sam seufzte. Er wäre lieber wieder mit Ryan allein gewesen, um ihn fragen zu können, was der Kuss bedeutete – ob er überhaupt etwas bedeutete. „Ja, okay."

Sie gingen hinein, streiften ihre Turnschuhe ab und ließen sie an der Tür stehen.

„Jessas!“, raunte Ryan. „Guck dir die vielen Katzen an!“

Im Wohnzimmer war fast jede verfügbare Oberfläche von einem Fellknäuel besetzt. Zwei teilten sich einen Platz auf dem Sofa, eins lag auf einem Schaukelstuhl. Eine dreifarbige Katze hatte einen Sessel für sich, eine Siamkatze hockte wie ein Sphinx auf einem der Stühle am Esstisch, und ein riesiger, roter Kater räkelte sich auf dem Teppich vor dem offenen Kamin.

Sam und Ryan folgten dem Klappern von Geschirr und dem Brausen eines elektrischen Wasserkochers durchs Wohnzimmer in eine kleine Küche im hinteren Teil des Hauses. Dort fanden sie Nerys, die gierig aus einem von mehreren Futternäpfen auf dem Boden fraß. Eine weitere Katze – eine schwarzweiße – saß auf der Küchenarbeitsfläche und beäugte sie misstrauisch, als sie die Küche betraten.

Mrs. Evans – Mari – schnitt sorgsam dicke Scheiben von einem köstlich aussehenden Bûche de Noël und legte sie auf eine Tortenplatte mit Weidenblattmuster. Schokoladenfüllung quoll heraus, als sie in den Kuchen schnitt, und Sam lief bei dem Anblick das Wasser im Mund zusammen. Mittlerweile kochte das Wasser und erfüllte die Küche mit Dampf.

„Können wir irgendwie helfen?“, fragte Ryan.

„Oh, danke, Schätzchen. Gib das Wasser in die Kanne, ja?“

Sam kam sich überflüssig vor, während Ryan die Teekanne füllte, daher näherte er sich der schwarzweißen Katze auf der Arbeitsfläche, gab einen Klicklaut von sich und streckte die Hand aus. Die Katze stand auf, schnupperte an seinen Fingern und rieb dann das Köpfchen an seiner Hand, als wollte sie gestreichelt werden.

„Ah, das ist eine ganz Liebe“, sagte Mari. „Das ist Nerys‘ Mama, Meg.“

Sie begann Teller, Tassen und Untertassen auf einem Tablett zu arrangieren, dann wandte sie sich an Ryan. „Stell die Teekanne hier drauf, und im Kühlschrank steht ein Milchkännchen, das muss auch noch mit. Kannst du das Tablett tragen? Ich habe mit diesem blöden Stock nur eine Hand frei.“ Sie nahm die Tortenplatte und ging voraus ins Wohnzimmer. „Nehmt Platz. Die Katzen könnt ihr ruhig runtersetzen. Aber wenn ihr sie gern auf den Schoß nehmen wollt, die meisten von ihnen lieben das.“

Sam fand, dass das große, fluffige graue Tier an einem Ende des Sofas recht zugänglich aussah. Er nahm es hoch. Es schnurrte, also deponierte er es auf seinem Schoß und streichelte es, in der Hoffnung, dass es bleiben würde.

Ryan setzte sich ans andere Ende des Sofas, zu einer gestreiften Katze, die seinen Schoß zurückwies und sich stattdessen mit ziemlich missmutiger Miene zwischen ihn und Sam quetschte.

„Also dann“, sagte Mari, nachdem sie sich mit der dreifarbigen Katze auf dem Schoß auf dem Sessel niedergelassen hatte. „Stellt euch vor. Ich habe vorhin ganz vergessen, euch nach euren Namen zu fragen.“

SECHS

Ryan überließ größtenteils Sam das Reden, während Mari mit zitternder Hand Tee einschenkte und für jeden ein Stück Kuchen auf einen Teller legte. Sam stellte sich und Ryan vor und erklärte, wo sie wohnten.

„Ah ja, es ist schön, zu sehen, dass das Haus genutzt wird", sagte Mari. „Kleiner Tapetenwechsel für euch, ja?"

„Ja. Wir wohnen beide in der Stadt. Hier zu sein ist ganz was anderes."

„Dann ist es wirklich eine stille Zuflucht. Das bedeutet der Hausname, wisst ihr", fügte sie hinzu, als Sam verwirrt die Stirn runzelte. „Hafan Dawel – stille Zuflucht."

„Das wusste ich nicht. Echt cool. Und ja... es ist ein bisschen anders als das, was ich gewohnt bin."

Ryan klinkte sich für einen Moment aus dem Gespräch aus und kehrte in Gedanken zu dem Kuss mit Sam zurück.

Er fragte sich, was wohl passiert wäre, wenn Nerys sie nicht unterbrochen hätte. Vielleicht wären sie dann immer noch da draußen und würden sich im Schnee küssen. Vielleicht wären sie in ihr Cottage zurückgekehrt und hätten da weitergemacht, wo sie aufgehört hatten. Er versuchte Sam heimlich zu mustern, weil er nur zu gern gewusst hätte, was er von all dem hielt.

„Oh, danke", sagte Ryan, aus seinen Tagträumen gerissen, als Mari ihm eine Teetasse reichte. Er balancierte die Untertasse auf der Armlehne des Sofas und hätte fast alles verschüttet, als Nerys auf seinen Schoß sprang.

„Ah, sieh mal einer an. Sie kennt dich." Mari nickte beifällig. „Sie weiß, wer ihre Freunde sind."

Ryan versuchte, nicht zusammenzuzucken, als Nerys ihm den Schenkel knetete und ihre nadelspitzen Krallen sich in seiner Jeans verhakten. Schließlich drehte sie sich auf seinem Schoß ein paarmal im Kreis und rollte sich über seinem besten Stück zusammen. Ryan hoffte, sie würde ihre Krallen von jetzt an für sich behalten.

„Wie viele Katzen hast du eigentlich?", fragte Sam.

Während er mit Mari ein Gespräch über ihre acht Katzen und deren Namen, Verwandtschaftsbeziehungen und Gewohnheiten führte, schweiften Ryans Gedanken ab. Direkt wieder zurück zu dem Kuss.

Sein Herz hatte gepocht wie verrückt, als er endlich Sams Lippen auf seinen gespürt hatte. Es hatte sich so absolut richtig angefühlt. Er fragte sich, wo es hätte hinführen können, welche Worte gewechselt worden wären. Doch Nerys' plötzliches Auftauchen hatte Ryan abrupt aus dem Moment gerissen. Er wusste, er hätte vielleicht hinterher etwas über den Kuss sagen sollen. Aber er hatte keine Ahnung gehabt, was er sagen wollte. Und die Katze war die perfekte Ablenkung und ein Vorwand gewesen, so zu tun, als wäre nichts geschehen.

Ryan beobachtete Sam während seiner Unterhaltung

mit Mari, bewunderte die lebhaften Emotionen, die über sein kantiges Gesicht huschten, die flinken Handbewegungen, mit denen er gelegentlich seine Worte unterstrich, die Konturen seiner Lippen, wenn er lächelte. Etwas in Ryans Brust fühlte sich voll und warm an, und er schaffte es kaum, das Lächeln zu unterdrücken, das sich auf seine Lippen stehlen wollte, als er Sam ansah. Als er von Sam zu Mari schaute, fand er ihren Blick auf sich gerichtet. Er wurde rot und wandte seine Aufmerksamkeit wieder der Katze auf seinem Schoß zu.

„Und wegen des Schnees sind unsere Freunde dann nicht durchgekommen", erklärte Sam gerade.

„Oh, ich dachte, ihr wärt nur zu zweit", sagte Mari. „Wolltet ein bisschen Zeit für euch haben – romantisch und so."

Ryan warf schnell einen Blick zu Sam. Bei Maris Vermutung hatte er einen knallroten Kopf bekommen, doch Sams Lippen zuckten, als müsste er seine Belustigung verbergen.

„Nein, eigentlich hätten wir zu viert sein sollen", erklärte Sam. „Aber die anderen haben es nicht geschafft, bevor der Schnee gekommen ist."

„Ah, nun, wie schade." Sie musterte Ryan auf eine Art, die für seinen Geschmack ein bisschen zu viel Verständnis verriet. „Und jetzt sitzt ihr hier fest?" Sie sprach ‚hier' so aus, dass es wie ‚yurr' klang, bemerkte Ryan.

„Ja", antwortete er, riss sich zusammen und nahm wieder am Gespräch teil. Es war nicht fair, Sam den ganzen Smalltalk zu überlassen.

„Aber was wollt ihr denn an Weihnachten essen?", fragte Mari mit sehr besorgter Miene.

„Hühner-Nuggets aus dem Dorfladen, die sind wenigstens ein bisschen wie Truthahn“, sagte Sam. „Mit Backofen-Pommes statt Bratkartoffeln und Tiefkühlerbsen.“

„Oh nein, das geht ja ganz und gar nicht!“ Mari schüttelte mit höchst missbilligender Miene den Kopf. „Aber wisst ihr was? Ich glaube, Nerys hat uns allen einen Gefallen getan. Ich habe nämlich genau das gegenteilige Problem von euch – das ganze Haus voller Essen und niemanden, mit dem ich es teilen könnte. Meine Tochter und ihre Familie wollten heute Abend kommen und über Weihnachten bleiben. Ich hatte mir die ganzen Lebensmittel liefern lassen, bevor es geschneit hat, und ich werde es nie schaffen, das alles alleine zu essen. Verdammt, mit meiner Arthritis kriege ich den blöden Truthahn nicht mal in den Ofen geschoben. Wie wär's, wenn ihr morgen früh irgendwann rüberkommen und mir beim Kochen helfen würdet, dann könnten wir an Weihnachten zusammen zu Abend essen? Wie findet ihr das?“ Ihr Gesicht strahlte, als sie diesen Vorschlag machte, und Ryan konnte die junge Frau in ihr erkennen, die sie einmal gewesen war. Die Begeisterung ließ die Jahre von ihr abfallen und ihre Augen funkeln.

Sam sah Ryan an und zog die Augenbrauen hoch.

„Liebend gern“, sagte Ryan. „Oder, Sam? Wenn du dir sicher bist.“

Sam nickte und Ryan erwiderte sein Lächeln.

„Natürlich bin ich sicher.“ Maris Freude war offensichtlich. „Ich kann es nicht leiden, wenn gutes Essen umkommt.“

Sie machten bei Tee und Kuchen Pläne für den

nächsten Tag. Dann begann Mari von ihrer Tochter zu erzählen, nachdem Sam sich nach ihr erkundigt hatte.

„Nein, sie wohnt nicht weit weg. Nur unten bei Monmouth mit ihrer Frau und ihrem kleinen Sohn."

„Ihrer... Frau?", fragte Ryan zögernd, nicht sicher, ob er sich verhört hatte.

„Ja, Schatz, sie ist lesbisch. Sie haben vor ein paar Monaten geheiratet – das ist jetzt legal, wisst ihr – aber sie sind schon seit zehn Jahren zusammen, also wurde es wirklich langsam Zeit. Da auf dem Kaminsims steht ein Foto von ihnen. Schaut, ihr Sohn David war ein kleiner Page, seht ihr?"

Ryan betrachtete das Foto der beiden Frauen. Ihre violetten Kleider waren ähnlich geschnitten, aber in unterschiedlichen Schattierungen. Sie hatten die Arme umeinander gelegt und lächelten strahlend in die Kamera. Vor ihnen stand ein kleiner Junge von vielleicht sechs oder sieben Jahren in einem dunkelblauen Anzug.

„Wie schade, dass sie dich an Weihnachten nicht besuchen können", sagte Sam mitfühlend. „Seht ihr euch stattdessen an Neujahr?"

„Dann wollen sie Belindas Familie besuchen – das ist meine Schwiegertochter – aber ich sehe sie sicher bald. Normalerweise kommen sie alle paar Wochen mal rauf und besuchen mich. Das machen sie schon, seit mein Bill gestorben ist. Sie passen halt auf mich auf, wisst ihr."

Als der Tee getrunken und der Kuchen aufgegessen war, brachten sie alles für Mari wieder in die Küche. Ryan bot an, das Geschirr zu spülen, doch sie scheuchte ihn aus der Küche.

„Nicht nötig, mein Junge. Ich schaff' das schon. Wenn

ich die Hände im heißen Wasser habe, wird mir wenigstens ein bisschen warm."

„Okay, also danke nochmal, Mrs. – Mari, meine ich", sagte Ryan. „Und bis morgen dann."

„Wunderbar. Könnt ihr bitte so gegen Mittag kommen und mir helfen, den Vogel in den Ofen zu kriegen?"

Sie verabschiedeten sich und gingen wieder hinaus in die Kälte.

ES WAR DUNKEL DRAUSSEN, als sie die Straße hinuntergingen. Stellenweise war Eis unter dem Schnee, und sie mussten aufpassen, um nicht auszurutschen.

Ryan stolperte, und Sam packte ihn am Arm, um ihn zu stützen.

„Danke", sagte Ryan.

Sam hielt Ryan weiter fest, bis er die Balance wiedergefunden hatte. Und auch danach nahm er seine Hand nicht weg. Er entspannte seinen Griff ein wenig, aber er ließ erst los, als sie wieder bei ihrem Cottage waren.

Sie machten gleich ein Feuer im Kamin und beschlossen, sich um das Abendessen zu kümmern, bis der Raum sich ein wenig erwärmt hatte. Der Gasbackofen vertrieb die Kälte aus der Küche, während sie Tiefkühlpizza zubereiteten, und sie tranken die letzten paar Tropfen Wein von gestern Abend aus und öffneten eine neue Flasche.

Ryan war angespannt, immer noch fassungslos über den Kuss von vorhin. Sam schien sich nicht anders zu benehmen als normalerweise, aber Ryan kam sich vor, als müsste sein Unbehagen in jeder Bewegung erkennbar sein, in jedem Wort, das er sprach. Er war sich geradezu schmerzlich genau bewusst, wie oft sie sich beinahe berührten, während sie zusammen in der Küche herumliefen, das Essen machten und so taten, als wäre alles wie immer.

Nachdem sie gegessen hatten, war es im Wohnzimmer immer noch kalt, deshalb holten sie sich eine Wolldecke von oben. An gegenüberliegenden Enden des Sofas zu sitzen, die Beine unter der Decke ineinander verschlungen, erweckte einen trügerischen Eindruck von Intimität. Doch der riesige, unsichtbare Elefant, der zwischen ihnen hockte, machte Ryan ein bisschen verrückt. Alles, woran er denken konnte, war dieser Kuss – aber er hatte keine Ahnung, was er davon halten sollte. Die Weinflasche war beinahe leer, und das Schweigen war nahezu unerträglich geworden, als Sam es schließlich brach.

„Also… ich glaube, wir müssen über das reden, was vorhin passiert ist."

Es entlockte Ryan einen zittrigen Seufzer der Erleichterung, dass Sam mehr Mumm hatte als er. Er fühlte sich innerlich verkrampft und angespannt und wusste immer noch nicht, was er wirklich wollte. Aber so wollte er definitiv nicht weitermachen.

„Ja", sagte er und wich Sams Blick aus.

„Wörter mit mehr als einer Silbe zu sagen wäre gut."

„Ja." Ryan grinste verlegen und leckte sich die Lippen. „Ähm…"

Sam schnaubte. „Herrgott nochmal. Okay, ich fange mit einer Frage an. Hast du vorher schon mal einen Kerl geküsst?"

Ryan schüttelte den Kopf und wagte einen Blick zu

Sam. Etwas huschte über Sams Gesicht – Erleichterung, vielleicht, oder Befriedigung.

„Wolltest du das schon mal?"

„Vielleicht auf eine abstrakte Art und Weise." Ryan zuckte die Achseln. „Aber nicht so... nicht so, wie ich es mit dir gemacht habe."

„Aber gestern hast du zum ersten Mal was gesagt. Also, wo kam das her?"

Ryan holte tief Luft. „Das ist nicht völlig neu." Seine Wangen wurden heiß und sein Puls schoss nach oben, als er sich dafür bereit machte, ehrlich zu sein. Er schaute nicht zu Sam, sondern blickte starr in die Flammen, beobachtete das Flackern und Glühen, mit dem sie das Holz verzehrten. „Ich denke schon seit einer Weile... auf diese Art an dich."

„Wie lang ist eine Weile?"

„Kann ich nicht genau sagen. Ich glaube, es hat angefangen, als du dich geoutet hast. Das hat mich nachdenklich gemacht." Ryan war sich sicher, dass sein Gesicht knallrot sein musste.

„Bist du schwul, Ry?" Ryans Kumpels benutzten kaum jemals die Kurzform seines Namens. Er war mehr daran gewöhnt, von Verwandten so genannt zu werden. Doch von Sam hörte es sich passend an.

„Ja, ich glaube schon." Das klang selbst in Ryans Ohren unsicher, und er hasste es. Denn er *war* sich sicher. Er war nur nicht daran gewöhnt, es laut auszusprechen. Doch er holte tief Luft und sah Sam in die Augen, als er weitersprach. „Okay, nein. Ich glaube es nicht, ich *weiß* es."

„Aber was ist mit den Frauen, die du ständig mit nach Hause gebracht hast? Im zweiten Studienjahr haben wir uns schon überlegt, ob wir an deiner Schlafzimmertür ein Drehkreuz einbauen sollen."

Ryan zuckte die Achseln. „Wahrscheinlich wollte ich mir beweisen, dass ich... du weißt schon... nicht schwul bin. Aber das hat nicht funktioniert."

„Hast du deshalb aufgehört?"

Ryan hatte seit dem Sommer wie ein Mönch gelebt. Jon und Anthony, ihre beiden anderen Mitbewohner, hatten ihn mit seinem plötzlichen Mangel an Action aufgezogen. Doch Ryan hatte den Druck des Studiums als Ausrede benutzt.

„Ja. Aber ich war nicht bereit, mich zu outen und so, also habe ich stattdessen eine Menge Schwulenpornos geguckt." Ryan zuckte die Achseln, und seine Wangen wurden schon wieder heiß.

Sam grinste. „Echt jetzt?"

Ryan nickte.

„Und das hat dir geholfen, zu einer Entscheidung zu kommen?"

„Vermutlich."

„Aber warum zum Teufel hast du denn nie was zu mir gesagt?" Schmerz blitzte in Sams Augen auf. „Gott, Ryan. Du hättest doch wissen müssen, dass du mit mir reden kannst, ohne dass ich über dich urteile."

„Keine Ahnung. Wahrscheinlich wollt' ich nich', dass du denkst, ich häng' mich an dich, weil ich keine anderen schwulen Typen kenne, vor allem, weil ich... du weißt schon. Ein bisschen scharf auf dich war." Er versuchte, es so klingen zu lassen, als wäre es keine große Sache. „Du bist ein Freund, mein *bester* Freund. Ich wollte nichts verkomplizieren, indem ich versuche, mit dir was anzufangen. Es kam mir ein bisschen schräg vor, so über jemanden zu denken, mit dem ich angeblich befreundet bin." Ryan erwähnte nichts davon, dass seine Gefühle für Sam weit über ein beiläufiges Interesse hinausgingen. Wie zum Henker sagte man seinem besten Freund, dass man in ihn verknallt war? Dafür gab es kein Handbuch.

„Ich meine nicht, dass du auf mich stehst. Ich meine, warum hast du mir denn nicht gesagt, dass du schwul bist?"

„Oh." Ryan wurde schon wieder rot. „Ich weiß nicht. Vermutlich war ich noch nicht bereit, darüber zu reden."

Ryan wusste, dass er ausweichend reagierte und Sam die wahre Tiefe seiner Gefühle nicht eingestand. Sam zu sagen, dass er daran gedacht hatte, ihn zu küssen, war die eine Sache. Aber ihm zu sagen, dass er ihm seit fast einem Jahr hinterher schmachtete – das war mehr, als Ryan zuzugeben bereit war. Er konnte den Gedanken nicht ertragen, von Sam freundlich abgewiesen zu werden. Was sicher passieren würde, wenn Sam wüsste, wie weit Ryans Interesse ging.

„Du bist ein Idiot", sagte Sam. Aber als Ryan ihn ansah, breitete sich ein Lächeln über Sams Gesicht aus, und Ryan stellte beruhigt fest, dass zwischen ihnen alles in Ordnung war. „Du hättest es mir sagen sollen."

„Leck mich", sagte Ryan und trat Sam unter der Decke ans Schienbein. „Ich bin kein Idiot. Es war schwierig."

„Doch, du bist einer. Aber egal. Also was jetzt? Wir sind hier, allein. Haben Zeit totzuschlagen..." Sam verstummte und wackelte anzüglich mit den Augenbrauen. Dann fügte er hinzu: „Schade, dass wir beim Dekorieren nicht auch einen Mistelzweig aufgehängt haben."

Hoffnung flammte in Ryans Brust auf, und er

versuchte, mit bewusst ruhiger Stimme zu antworten: „Brauchen wir denn einen?"

„Ich brauch' keinen, wenn du auch keinen brauchst."

Es gab eine bedeutungsvolle Pause. Sie starrten einander an, und Ryans Herz pochte. Hormone rauschten durch seine Adern, und seine Erregung wuchs.

„Worauf wartest du dann noch?"

Das reichte Sam offensichtlich als Einladung. Er warf die Decke beiseite und kletterte auf Ryans Schoß, kniete sich breitbeinig über ihn und blickte mit einer zielstrebigen Konzentration auf ihn hinab, die ebenso furchteinflößend wie erregend war. Denn Ryan wusste, wo das hinführen würde. Diesmal würde nichts und niemand sie aufhalten, wenn sie erst einmal anfingen, sich zu küssen.

Doch Ryan würde jetzt keinen Rückzieher machen. Er griff nach Sam, schlang die Arme um seinen schlanken Körper und zog ihn an sich, bis sich ihre Lippen berührten.

SIEBEN

Sie knutschten eine gefühlte Ewigkeit lang auf dem Sofa herum. Sam verlor jedes Zeitgefühl, versunken im langsamen, süßen Gleiten von Lippen und Zungen, während sie einander erkundeten. Sie ließen auch ihre Hände wandern, anfangs noch ganz unschuldig; sie strichen sich durch die Haare oder umfassten eine Wange, neigten den Kopf des anderen, um ihn inniger küssen zu können. Dann spreizte Ryan die Finger auf Sams Rücken und ließ seine Hände nach unten gleiten, bis er Sams Hüften umfasst hielt. Sam begann sich langsam und anzüglich an Ryans Ständer zu reiben, der sich hart und prall unter seiner Trainingshose abzeichnete. Sam lächelte in den Kuss, froh, dass Ryan genauso angetörnt war wie er selbst.

Keiner von ihnen hatte es jedoch eilig, die Dinge voranzutreiben. Sams Erregung war warm und träge wie das sanfte Glimmen des Feuers, das im Kamin herunterbrannte, während sie sich küssten, beide zu versunken ineinander, um davon Notiz zu nehmen. Sam hätte gern vorgeschlagen, im Bett weiterzumachen, aber er hatte

Angst, den Bann zu brechen. Er konnte es nicht fassen, dass er das hier endlich hatte, dass er Ryan endlich so berühren durfte, und er wollte nichts tun, um sich das zu verderben. Also machte er weiter und überließ Ryan die Führung.

Ryan wurde allmählich immer kühner. Er riss sich von Sams Lippen los und küsste sich an seinem Hals entlang nach unten, soweit er konnte. Er fand die empfindliche Stelle in der Nähe von Sams Ohr, die ihn kichern und zappeln ließ. Doch als Ryan zurückwich und sich entschuldigte, packte Sam seinen Kopf und hielt in fest.

„Nein, ist schon gut. Ich mag das. Hör nicht auf."

Sams Unterwäsche war inzwischen schon ganz klebrig von Lusttropfen. Er fragte sich, ob Ryan auch schon triefte, und sein Schwanz zuckte bei dem Gedanken. „Fuck", keuchte er.

„Ja." Ryans Stimme klang gedämpft, weil er immer noch Sams Hals küsste. „Gott... ich komm' gleich in der Hose, wenn du dich weiter so an mir reibst."

„Ich bin auch nicht mehr weit weg", gab Sam zu.

„Sollen wir raufgehen ins Bett?", fragte Ryan. „Wir könnten doch..."

Sam wich zurück und sah ihn an. Ryan sah verdammt hinreißend aus, so erhitzt und gierig, wie er war, und das alles wegen Sam. „Uns gegenseitig zum Abspritzen bringen?"

Ryan nickte, die feuchten Lippen halb geöffnet.

Sam grinste. „Los, komm."

Sie rannten nach oben in das Doppelzimmer, in dem sie jetzt schliefen. Sam zog seinen Kapuzenpullover aus und beschloss dann, auch aus seiner Trainingshose zu schlüpfen. Sonst würde sie nur im Weg sein. Ryan zog sich ebenfalls bis auf T-Shirt und Unterhose aus, und Sam verbarg sein Lächeln, als er den feuchten Fleck vorne auf Ryans Boxershorts bemerkte.

Sie schlüpften gemeinsam unter die Decke, bibbernd, als die kühle Baumwolle ihre Haut berührte. Doch bald schon küssten sie sich wieder, und dabei wurde ihnen so warm, dass die Kälte vergessen war. Sie lagen beide auf der Seite, die Beine ineinander verschlungen, und Ryan küsste Sam jetzt leidenschaftlicher und mit mehr Verlangen als vorhin unten auf dem Sofa. Er hakte ein Bein über Sams Schenkel und rückte näher, bis er seinen Schwanz an Sams Hüfte reiben konnte.

Sam brannte jetzt auf mehr, und er wusste instinktiv, dass Ryan sich zurückhielt und darauf wartete, bis Sam etwas tat. Daher tastete er sich mit einer Hand an Ryans Flanke nach unten voran, bis er seinen Ständer an den Fingerknöcheln fühlte. Er streichelte leicht daran entlang, auf und ab, und Ryan stöhnte auf und drängte sich ihm entgegen.

„Fuck. Ja, fass mich an."

Sam fummelte ungeschickt an Ryans Unterhose herum und versuchte sie ungeduldig aus dem Weg zu schieben. Endlich schaffte er es. Er schloss die Finger um Ryans Schaft, und er fühlte sich perfekt an in seinem Griff: dick, hart und glitschig vor Lusttropfen. Ryan hatte inzwischen jeden Versuch aufgegeben, Sam zu küssen. Er ließ den Kopf nach vorn sinken an Sams Schulter und keuchte, während Sam ihn streichelte. Sam spürte, dass Ryan es dringend nötig hatte, und er wollte ihn nicht warten lassen, nachdem sie weiß Gott wie lange auf dem Sofa herumgeknutscht hatten.

„*Ja, Sam.*“ Ryan klang fast gequält, und dann: „*Fuck!*“, kam er dickflüssig und heiß in Sams Faust, zitternd am ganzen Körper. Sam streichelte ihn, bis es vorbei war, dann wischte er sich die Hand an seinem T-Shirt ab und hob Ryans Kinn, um ihn zu küssen.

Ryan griff bereits nach ihm, tastete nach Sams Erektion und machte sich daran, sie aus der Unterhose zu befreien. „Du bist dran“, murmelte er.

„Du musst nicht“, sagte Sam halbherzig. Denn wenn Ryan nicht wollte, würde Sam sich im Bad einen runterholen müssen, und dort war es scheißkalt.

„Oh doch.“ Ryan brachte ihn mit einem Kuss zum Schweigen.

Die Kombination aus Ryans Streicheln und der Intensität seiner Küsse raubte Sam den Atem. Sein Herz fühlte sich zu groß an für seine Brust. Es war fast zuviel, und für einen Moment fragte er sich ernsthaft, ob es wirklich so schlau gewesen war, das hier geschehen zu lassen. Wie sollte er jemals wieder nur mit Ryan befreundet sein können – jetzt, wo er wusste, was ihm entging?

Ryan fand einen guten Rhythmus, und Sam war schon furchtbar dicht davor nach den ganzen Vorbereitungen und nachdem er Ryans Schwanz in der Hand gehabt hatte. Er wünschte, er hätte ihn im Mund gehabt... und, oh Gott, schon der bloße Gedanke reichte, um ihn noch ein bisschen näher heranzubringen.

„Nächstes Mal will ich dir einen blasen“, keuchte er. Randalierende Hormone hatten seinen verbalen Filter völlig zerstört. Dabei wusste er nicht mal, ob es ein nächstes Mal geben würde, aber er hoffte doch sehr.

„Gott, willst du etwa, dass ich gleich wieder einen Ständer kriege?“ Ryan lachte leise. „Das funktioniert nämlich.“

„Ja. Vielleicht. Ich – Oooh!“

Sam verlor die Fähigkeit zum Sprechen, als Ryan erneut die empfindliche Stelle an seinem Hals fand und gleichzeitig sanft seine Eichel zusammendrückte – mit verheerenden Auswirkungen. Er kam so heftig, dass er Sterne sah, oder vielleicht Weihnachtsbaum-Lichterketten, aber jedenfalls irgendwas Funkelndes. Danach fühlte er sich ausgelaugt, und er zitterte immer noch, als er seinen Schwanz wieder wegsteckte. Er hatte einen feuchten Fleck auf der Boxershorts, da Ryan nicht alles erwischt hatte, aber das machte ihm nichts aus. Nach dem Orgasmus hatte er das Bedürfnis nach Körperkontakt, und er wollte Ryans Arme wieder um sich haben. Es war ihm völlig egal, ob das so aussah, als würde er klammern. Er kuschelte sich an Ryan, vergrub die Nase an seinem Hals und atmete den wunderbaren Duft seiner Haut ein. Sams übervolles Herz beruhigte sich und schlug wieder langsamer, aber das panische *‚was habe ich getan‘* – Gefühl blieb bestehen, so unbehaglich wie der feuchte, klebrige Fleck in seiner Unterhose.

SIE MUSSTEN WOHL SO EINGESCHLAFEN SEIN, denn Sam erwachte Stunden später und stellte fest, dass die Lampe noch an war. Er hatte es warm und herrlich gemütlich, aber er musste auf die Toilette. Ohne Ryan aufzuwecken, machte er sich behutsam von ihm los und schlich sich über den Flur ins Bad. Er erleichterte sich, und als er fertig war, bibberte er vor Kälte. Dann ging er wieder ins Bett und versuchte hineinzuschlüpfen, ohne Ryan zu stören.

Doch als er sich ankuschelte, wurde Ryan wach und murmelte: „Du bist eiskalt."

„Tut mir leid." Sam rückte von ihm ab. „Ich musste pinkeln."

„Schon okay. Komm wieder her." Ryan schlang die Arme um Sam, zog ihn wieder an sich und schmiegte sich immer noch im Halbschlaf von hinten an ihn. Die tröstliche Wärme seines Körpers und sein leises Atmen halfen Sam, auch bald wieder einzuschlafen.

SIE SCHLIEFEN bis in den Vormittag und wachten erst auf, als es draußen schon hell war. Sam kam langsam zu sich, und die Schwere des Schlafs fiel nach und nach von ihm ab, während er dalag und an die Decke starrte, wo ein heller Sonnenstrahl in den Raum drang. Die Erinnerung an die Nacht zuvor kristallisierte sich heraus, und Sam lächelte trotz der Besorgnis, die ihn dabei kurz ins Schlingern brachte.

Dann fiel ihm plötzlich wieder ein, was heute für ein Tag war.

Er rollte sich auf die Seite und versetzte Ryan einen Stups in die Rippen. „Hey, Dornröschen. Fröhliche Weihnachten!"

Ryan grunzte und öffnete widerwillig ein Auge. „Hast

du Geschenke? Wenn nicht, bin ich nicht interessiert. Lass mich schlafen." Er machte die Augen wieder zu.

„Nein." Sams Lächeln verrutschte. Er wünschte jedoch, er hätte rechtzeitig daran gedacht. Nicht, dass die Auswahl im Dorfladen so besonders gewesen wäre, aber es wäre schön gewesen, wenigstens *etwas* zu haben, was sie sich am Weihnachtsmorgen schenken konnten. „Tut mir leid. Scheiße... du hast mir doch kein Geschenk gekauft, oder?"

Ryan stieß einen leidgeprüften Seufzer aus und öffnete die Augen wieder. „Red nicht so'n Scheiß, wann war ich denn mal ohne dich im Laden?"

„Ach ja. Gut."

Sam überlegte, ob er Ryan einen Weihnachts-Blowjob anbieten sollte, aber er wollte nicht, dass Ryan sich verpflichtet fühlte, sich zu revanchieren. Vielleicht bereute er ja schon, was sie letzte Nacht getan hatten.

„Wie spät ist es?", fragte Ryan.

„Keine Ahnung. Warte mal eben." Sam lehnte sich für einen Moment aus dem Bett und angelte nach seinem Kapuzenshirt. Sein Handy war in der Tasche. „Scheiße, es ist schon elf. Wir müssen uns ein bisschen ranhalten, wenn wir um zwölf zu Mari rüber wollen. Ich brauche eine Dusche. Ich stinke wahrscheinlich ganz schön."

„Nicht mehr als sonst auch", neckte Ryan.

„Und ich hab' mir die Unterhose mit Wichse versaut, weil mir gestern Nacht jemand einen runtergeholt hat." Sam warf Ryan einen Seitenblick zu. Sein Herz setzte einen Schlag aus, während er auf Ryans Reaktion wartete.

Ryan wurde rot, aber er lächelte auch, und Sam stieß

einen stillen Seufzer der Erleichterung aus. Die Sache würde nicht allzu peinlich werden.

„Dann geh du ruhig zuerst unter die Dusche", sagte Ryan. „Ich warte, bis du fertig bist. Ich bin auch ein bisschen klebrig. Komisch, was?"

KURZ NACH ZWÖLF gingen sie den Hügel hinauf zu Maris Haus.

„Heute ist es wärmer, nicht?", sagte Ryan.

Der Wind war eindeutig nicht mehr so frisch, und der Schnee begann stellenweise matschig zu werden. Ihre Fußspuren von gestern waren bis auf die Straße heruntergeschmolzen und die Flecken von dunkelgrauem Asphalt hoben sich deutlich vom weißen Schnee ab.

„Ja, ich glaub' schon", antwortete Sam.

Es sah so aus, als würden sie morgen nach Hause fahren können, falls es nicht nochmal schneite. Sam wunderte sich, warum diese Aussicht nicht mehr Begeisterung in ihm weckte.

Unterwegs begann das Handy in seiner Tasche zu vibrieren, also zog er es heraus und schaute nach. Jetzt, wo er Empfang hatte, kamen Nachrichten durch, und dann fing Ryans Handy ebenfalls an zu summen. Sie blieben für einen Moment stehen, um ihre Textnachrichten zu lesen. Sam bekam Weihnachtsgrüße von seiner Familie und Freunden, und Ryan vermutlich auch.

„Ich muss nachher unbedingt zuhause anrufen", sagte Sam. „Erinnere mich daran."

„Ja. Ich auch."

Mari begrüßte sie an der Tür und überraschte Sam mit einer Umarmung und einem Küsschen auf die Wange. Mit Ryan machte sie es genauso. „Frohe Weihnachten“, sagte sie. „Lieb von euch, dass ihr kommt. Es ist schön, an Weihnachten nicht nur die Katzen zur Gesellschaft zu haben.“

Sam überreichte ihr eine Flasche billigen Wein aus dem Dorfladen, die sie als Beitrag mitgebracht hatten. „Für dich. Es ist leider nichts Besonderes, aber wir konnten nichts Besseres auftreiben, da wir nicht in den Supermarkt fahren konnten.“

„Wir haben auch Bier mitgebracht.“ Ryan hielt die Tüte hoch, die er in der Hand hatte.

„Oh, danke. Wie reizend von euch.“

Die Katzen ignorierten größtenteils ihre Ankunft, abgesehen von Nerys, die Hallo sagen kam. Sie wand sich geschmeidig um Ryans Fußknöchel und miaute, bis er sie auf den Arm nahm.

„Oh, sieh nur. Sie erinnert sich an dich“, sagte Mari.

Sam streckte die Hand aus, um Nerys zu streicheln, doch sie ignorierte ihn und rieb schnurrend das Köpfchen an Ryans Kinn. Sam konnte es ihr nicht verdenken, dass sie mit Ryan kuschelte, aber er war ein bisschen beleidigt über ihr mangelndes Interesse an ihm.

„Okay, Mari.“ Sam rieb sich die Hände. „Wir haben ein Weihnachtsessen zu kochen, ja? Was sollen wir machen?“

Mari erwies sich als Naturgewalt in der Küche. Was ihr wegen ihrer Arthritis an Kraft fehlte, glich sie durch ihre überragenden Führungskompetenzen aus. Sie traktierte Ryan und Sam mit Sherry und sagte ihnen dann genau, was sie von ihnen wollte. Nachdem sie den Truthahn zum Braten in den Ofen geschoben hatten, schälten und schnippelten sie Gemüse für später. Sam nippte nebenher behutsam an seinem Sherry. Er schmeckte süß und irgendwie nach Medizin, fand er, aber ihm wurde davon angenehm warm im Bauch. In der Zeit, die Ryan und Sam für ihr erstes Glas brauchten, füllte Mari ihres zweimal nach. Offensichtlich mochte sie das Zeug.

Nachdem die Vorbereitungen für das Essen abgeschlossen waren, gingen sie mit ihren Getränken ins Wohnzimmer. Sam stellte belustigt fest, dass sämtliche Katzen an genau denselben Stellen lagen oder saßen wie gestern. Gewohnheitstiere, eindeutig.

„Wie wär's mit einer Runde Monopoly?", fragte Mari.

Die Jungs nickten. Ein Spiel war eine gute Idee, fand Sam. Es würde ein langer Nachmittag werden, wenn sie nichts hatten, um das Gespräch in Gang zu halten. Mari war reizend, aber aufgrund des Altersunterschieds hatten sie nicht besonders viel gemeinsam.

Sie bauten das Brett auf dem Esstisch auf. Die Siamkatze, deren Platz auf einem der Stühle war, zog auf Sams Schoß um, als Sam sich hinsetzte, und Nerys sprang auf Ryans Schoß.

Sam grinste ihn an. „Sie liebt dich."

Ryan streichelte das seidige Köpfchen. „Was soll ich sagen? Sie hat Geschmack."

„Ja, ja", spottete Sam, obwohl er insgeheim zustimmte.

Das Spiel dauerte gut zwei Stunden, und Mari siegte haushoch. Danach holte sie die Spielkarten hervor und spielten Mogeln, und auch darin erwies sie sich als verteufelt gut. Sie konnte so gut bluffen, dass schwer zu sagen war, wann sie log.

„Wie wär's mit Poker?", schlug Ryan vor. „Aber nicht

um Geld. Ich weiß nicht, ob ich mich trauen würde, mit dir um Geld zu spielen, Mari."

Sie kicherte hämisch. „Das ist wahrscheinlich schlau von dir, mein Junge. Hol' die Dame-Steine aus dem Schrank, um die können wir spielen. Aber vorher sollten wir die Kartoffeln in den Backofen schieben."

Nach den ersten paar Runden Poker hatte Mari fast alle Dame-Steine und Sam und Ryan fast keine mehr. Als Sam seine letzten beiden Spielsteine auf drei Damen setzte und gegen Maris Fullhouse verlor, stand er auf.

„Ich geh' nur mal eben raus und rufe bei meiner Familie an. Bin gleich wieder da."

Vor Maris Haus bekam er problemlos Empfang, und letztendlich telefonierte er eine ganze Weile. Seine Schwester ging dran, also redete er zuerst mit ihr, dann mit seinem Dad, mit seinem kleinen Bruder und schließlich mit seiner Mum. Sie war belustigt, als er ihr erzählte, wie Ryan und er Weihnachten verbrachten.

„Das hört sich doch gut an. Ich bin froh, dass ihr jetzt doch ein Weihnachtsessen bekommt. Dann tut ihr mir nicht mehr ganz so leid, wenn wir nachher essen. Diese Mari scheint ja ein richtiges Original zu sein."

„Ja, sie ist echt cool."

„Und geht es Ryan gut?"

„Ich glaube schon. Er hat sich sowieso nicht besonders auf Weihnachten mit seinem Dad und seiner Stiefmutter gefreut."

„Oh, ist seine Mum verreist?"

„Ja."

Sam erzählte von Ryans vereitelten Weihnachtsplänen.

„Dann denkt ihr also, ihr könntet morgen heimkommen? Wir vermissen dich alle. Laut Wetterbericht soll es heute Nacht tauen."

„Mal sehen, wie es läuft, aber ich glaube, wir können fahren."

„Hoffentlich. Also... ich leg' jetzt besser auf. Dad schreit schon, dass ich kommen und irgendwas mit den Pastinaken machen soll. Viel Spaß, Liebling. Und frohe Weihnachten dir und Ryan, und für Mari auch. Hab' dich lieb."

„Ich hab' dich auch lieb, Mum. Einen schönen Tag noch."

Sam beendete den Anruf und wollte gerade wieder reingehen, als Ryan mit seinem Smartphone in der Hand herauskam.

„Willst du auch zuhause anrufen?", fragte Sam.

„Ja, ich dachte, ich versuch's jetzt. Mal sehen, ob ich Mum erwische, bevor sie zu viele Cocktails intus hat. Und Dad, bevor er auf dem Sofa einpennt."

„Okay. Dann mach' mal. Bis gleich."

ACHT

Ryans Mum ging nicht ans Telefon, also hinterließ er ihr eine kurze Nachricht. Er versuchte, den kalten Klumpen Enttäuschung zu schlucken, weil er ihre Stimme nicht zu hören bekam. Hoffentlich würde sie ihn später zurückrufen.

Als Nächstes versuchte er es bei seinem Dad, doch dort meldete sich Nicola.

„Oh. Hi, Ryan." Sie klang erstaunt, als wäre es überraschend, dass Ryan seinen Vater an Weihnachten anrief. „Dein Dad schneidet gerade den Truthahn auf. Kann er dich zurückrufen?"

„Nein, eigentlich nicht." Ryan versuchte, die Gereiztheit in seiner Stimme im Zaum zu halten. „Drinnen ist der Empfang nicht besonders gut, also wird er mich wahrscheinlich nicht erreichen. Ich halte ihn auch nicht lange auf. Ich wollte ihm nur frohe Weihnachten wünschen."

„Dann bleib dran." Sie gab das Telefon an Ryans Dad weiter, ohne sich auch nur die Mühe zu machen, sich zu verabschieden. *Charmant*.

„So, Ryan." An dem blechernen Klang und den Hintergrundgeräuschen erkannte Ryan, dass er auf Lautsprecher war.

„Hi Dad. Fröhliche Weihnachten."

„Ja, dir auch."

Es gab eine Pause und ein Geräusch wie das Kratzen eines Messers auf einem Teller.

„Also... ähm. Tut mir leid, dass ich nicht kommen konnte. Wenn ich wieder zuhause bin, kann ich vielleicht irgendwann vor Neujahr kurz vorbeischauen? Ich hab' Geschenke für euch." Ryan hatte typische Pflichtgeschenke gekauft, eine Flasche Portwein für seinen Dad und ein Schaumbad und Körperlotion für Nicola. Sie wussten, dass er sich als Student nicht viel leisten konnte.

„Vielleicht", antwortete sein Dad. „Aber wir haben einiges vor. Ich muss nachher mal in den Kalender schauen, wenn ich nicht gerade mit dem Truthahn beschäftigt bin. Dieses Jahr habe ich dir etwas Geld direkt auf dein Konto überwiesen, das fand ich einfacher als einen Scheck oder Gutscheine."

„Ja, klar. Danke, Dad."

„Okay. Tut mir leid, aber ich muss Schluss machen. Wir wollen jetzt essen. Hoffe, du hast einen schönen Tag mit... äh, deinem Freund."

„Sam." Ryan merkte, dass er das Handy zu fest umklammert hielt und zwang sich, seinen Griff zu lockern. „Gut. Viel Spaß noch dir und Nicola. Ich ruf' an, wenn ich nach Hause komme."

„Tschüss dann."

Ryan beendete den Anruf, die Zähne vor Gereiztheit

und Schmerz zusammengebissen. Sein Dad hätte wenigstens so tun können, als freute er sich, von ihm zu hören.

Sam bemerkte offensichtlich seinen Gesichtsausdruck, als er wieder ins Haus kam. Er sah Ryan an und zog fragend eine Augenbraue hoch. „Bist du gut durchgekommen?"

„Mum ist nicht rangegangen. Aber ich habe mit Dad gesprochen."

Sam hatte ewig lange mit seiner Familie telefoniert. Es war vermutlich nur zu offensichtlich, dass Ryans Vater kein Interesse an einem längeren Telefonat gehabt hatte. Ryan wich Sams besorgtem Blick aus und ertappte Mari dabei, ihn mitfühlend anzusehen. Er schluckte den Schmerz hinunter und rang sich ein Lächeln ab.

„Ich hätte Lust auf ein Bier. Ich glaube, noch mehr Sherry vertrage ich nicht. Soll ich jemandem was zu trinken mitbringen?"

„Ich probiere mal ein Gläschen von dem Wein, den ihr mitgebracht habt", sagte Mari. „In der Küchenschublade ist ein Korkenzieher. Schaust du bitte nach den Kartoffeln, wenn du schon mal dort bist?"

„Ich helf' dir", meinte Sam und stand auf, bevor Ryan ablehnen konnte.

Ryan kümmerte sich um die Kartoffeln, während Sam sich mit dem Korkenzieher abmühte.

„Scheißdreck. Ich seh' schon, warum man Schraubverschlüsse erfunden hat."

Als Ryan die Kartoffeln gewendet und wieder in den Ofen geschoben hatte, reichte Sam ihm ein Bier. Ihre Finger berührten sich, als Ryan es ihm abnahm.

„Prost", sagte Ryan niedergeschlagen.

Sam runzelte die Stirn und presste besorgt die Lippen zusammen.

„Deine Mum ruft vielleicht später zurück", sagte er.

„Ja, ganz bestimmt. Sie war wahrscheinlich gerade schwimmen oder so."

„Wahrscheinlich."

Jetzt brauchten sie nur noch das Gemüse zu kochen, aber vorher war noch Zeit für ein paar weitere Runden Poker. Also gingen sie wieder ins Wohnzimmer. Ryan war immer noch bedrückt und düsterer Stimmung. Er fühlte sich wie losgelöst von der Fröhlichkeit, und er scherzte und lachte nicht mit, während sie spielten.

Doch dann fühlte er Sams Knie unter dem Tisch an seinem. Der feste, absichtsvolle Druck linderte seine Einsamkeit und holte ihn aus seinen abschweifenden Gedanken zurück in die Gegenwart. Sam suchte seinen Blick und lächelte ihn an, und Ryans Laune wurde gleich noch ein Stück besser. Ein warmes Glühen machte sich in seinem Bauch breit und ließ ihn das Lächeln erwidern.

Ryans Handy summte in seiner Tasche. Es war eine SMS von seiner Mum. Offenbar hatte sie ihn anzurufen versucht, aber keine Verbindung bekommen.

Er entschuldigte sich, um wieder nach draußen gehen und sie nochmal anrufen zu können. „Das ist meine Mum", erklärte er. „Sie hat jetzt Zeit. Bin gleich wieder da."

„Oh, Ryan! Frohe Weihnachten. Es tut mir wirklich leid, dass ich deinen Anruf vorhin verpasst habe, Schatz", begrüßte sie ihn. „Wir waren im Pool, und ich hatte mein Handy im Zimmer gelassen. Wie geht es dir? Ich hoffe, du hast einen schönen Tag mit deinem Dad."

„Also, eigentlich bin ich immer noch in Wales", erklärte Ryan. Er hatte sich vorher nicht die Mühe gemacht, sie anzurufen und ihr davon zu erzählen. Schließlich beeinflusste das ihre Pläne nicht. Aber wahrscheinlich hätte er ihr Bescheid sagen sollen, wurde ihm verspätet klar, falls sie ihn zuhause auf dem Festnetz anzurufen versucht hätte. Nun, das war offensichtlich kein Problem gewesen. „Wir sind hier eingeschneit, aber das ist schon okay. Die Nachbarin hat uns zum Weihnachtsessen eingeladen."

„Oh, nun ja, das ist schön. Aber deinem Dad tut es bestimmt leid, dass du nicht kommen konntest."

„Das verkraftet er schon, da bin ich mir sicher."

Es gab eine unbehagliche Pause.

„Du fehlst mir wirklich sehr, weißt du", sagte seine Mum, und ihre Stimme wurde weicher. „Dieser Urlaub war Barrys Idee. Ich war mir da nicht so sicher. Ist auch bestimmt alles okay mit dir? Mir gefällt der Gedanke nicht, dass du dort mitten im Nirgendwo ganz allein festsitzt."

„Mum, es ist alles gut. Und ich bin nicht allein, ich habe Sam zur Gesellschaft. Genieß' du nur deinen Urlaub und mach dir keine Sorgen mehr um mich, ja?"

„Okay." Im Hintergrund hörte Ryan gedämpft Barrys Stimme. „Einen Moment noch", sagte Mum zu Barry, wobei sie offensichtlich das Telefon von sich weg hielt. Gleich darauf war sie wieder da. „Tut mir leid, Schatz, ich muss Schluss machen. Wir gehen gleich essen, und ich muss mich noch fertig machen. Pass auf dich auf, und hab' Spaß mit Sam."

„Mach' ich, Mum." Ryans Wangen wurden heiß, als er sich an die spezielle Art von Spaß erinnerte, die er letzte

Nacht mit Sam gehabt hatte. Er fragte sich, was seine Mum wohl denken würde, wenn sie davon wüsste. „Also, tschüss dann. Fröhliche Weihnachten."

„Dir auch."

Ryan fand Sam und Mari in der Küche, als er wieder hineinging. Der winzige Raum war in köstlich duftende, dicke Dampfwolken gehüllt.

„Alles okay?", fragte Sam.

Ryan nickte. „Ja. Pflichttelefonate erledigt. Meiner Schwester schreibe ich nachher eine SMS." Ryan versuchte fröhlich zu klingen, aber Sams Stirn blieb gerunzelt.

Während der letzten Essensvorbereitungen hatte Ryan keine Zeit zum Trübsal blasen. Mari ließ sie Sachen abgießen und den Truthahn tranchieren, während sie den Tisch deckte. Irgendwie, auf wundersame Weise, kam alles zusammen, und sie tischten Teller voller Essen auf, das zum Großteil noch heiß war.

Mari machte die Küchentür zu, um den restlichen Truthahn sicher zu verwahren. Diverse verärgert aussehende Katzen schauten zu, als sie sich zum Essen bereitmachten.

„Oh nein, das tust du nicht." Ryan hielt Nerys die flache Hand entgegen, als sie Anstalten machte, ihm auf den Schoß zu springen.

Ihr Schwanz zuckte, und dann streckte sie ein Bein in die Höhe und begann sich hingebungsvoll das Hinterteil zu waschen.

„Das reicht nicht, um mir den Appetit zu verderben", sagte Ryan zu ihr.

Sam prustete.

Mari strahlte sie an. „Ich hab's nicht so mit Tischgebeten, aber ich möchte euch danken, Jungs, dass ihr das alles möglich gemacht habt. Wenn ich heute allein gewesen wäre, hätte ich mir nie die Mühe gemacht, so ein Essen zu kochen. Jetzt haut rein."

Für eine Weile war nur das Klappern von Besteck auf Geschirr und zufriedenes Kauen zu hören. Sie hatten alles ganz gut hinbekommen. Für Ryan war die Zubereitung des Weihnachtsessens immer eine geheimnisvolle Angelegenheit gewesen; er war nie daran beteiligt gewesen, hatte allenfalls mal ein paar Kartoffeln oder Karotten geschält. Aber heute hatte er gelernt, dass es keine Hexerei war. Es ging hauptsächlich um Timing, und es hatte Spaß gemacht.

Sein Blick fiel auf das Foto von Maris Tochter und ihrer Familie auf dem Kaminsims. Ihre Gesichter strahlten vor Glück. Als Kind war Ryan immer davon ausgegangen – ohne allzu gründlich darüber nachzudenken – dass er einmal eine eigene Familie der konventionellen Art haben würde. Eine Frau, zweikommavier Kinder, vielleicht eine Katze oder einen Hund. Seit er erkannt hatte, dass er schwul war, hatte er sich nicht mehr allzu sehr damit befasst, wie eine zukünftige Beziehung aussehen könnte. Aber heute ertappte er sich dabei, sich eine andere Art von Zukunft auszumalen. Er mit einem Mann, lächelnd und offensichtlich verliebt, auf einem Foto auf dem Kaminsims seiner Mutter. Vielleicht sogar mit ein, zwei Kindern auf dem Schoß. Das war doch möglich, oder? Ryan wusste nicht genau, wie, aber er wusste, dass schwule Paare heutzutage oft Kinder hatten. In seiner Phantasie verwandelte sich der andere Mann auf dem Bild in Sam. Er hatte den Arm um Ryan gelegt und lächelte ihn voller Zuneigung an.

Sam stupste ihn mit dem Knie an, und Ryan zuckte zusammen, aus seinen Träumereien gerissen. Er wurde rot und war froh, dass Sam nicht sehen konnte, was gerade in seinem Kopf vorging.

„Entschuldigung, hast du was gesagt?", fragte er.

„Du warst meilenweit weg", meinte Sam. „Mari wollte wissen, was du an Neujahr vorhast."

„Oh. Bis dahin sind wir beide wieder in Brighton." Ryan drehte sich um und begegneten Maris aufmerksamem Blick. „Wir feiern eine Party in dem Haus, das wir uns mit ein paar anderen Jungs teilen."

„Da geht es dann bestimmt hoch her?" Sie zog belustigt die Augenbrauen hoch. „Eine von diesen wilden Studentenpartys."

„Ja, wahrscheinlich schon", gab Ryan zu.

Sie würden bestimmt bis Mitternacht hackedicht sein.

Sams Knie drückte sich unter dem Tisch immer noch an Ryans. Er hatte es nicht weggenommen, nachdem er Ryan vorhin angestupst hatte. Mari erzählte gerade davon, was ihre Tochter während ihrer Studentenzeit so alles getrieben hatte, von Kneipentouren im Faschingskostüm und wie sie sich einen Rüffel von der Polizei eingefangen hatte, weil sie einigen Statuen Verkehrshütchen auf die Köpfe gesetzt hatte.

Ryan hörte zu und lachte beifällig an den richtigen Stellen, und Sam ebenfalls. Doch Sams Hand lenkte Ryan ab. Sie hatten beide inzwischen fertig gegessen – schnelle Esser, während Mari langsam und sorgfältig war – und Sams Hand lag mit der Handfläche nach unten auf dem

Tisch, nur Millimeter von Ryans Hand entfernt. Ryan glaubte ihre Wärme zu fühlen, obwohl sie sich nicht ganz berührten. Er starrte Sams schmale Finger an, die knochigen Gelenke und die abgebissenen Fingernägel, und bevor er kneifen konnte, bewegte er seine Hand – nur so viel, dass sich ihre kleinen Finger berührten. Er fragte sich, ob Sam das für unabsichtlich halten würde. Doch Sam bewegte sein Knie und drückte ein bisschen fester.

Während Mari weiter in ihrem Essen herumstocherte und sie das Gespräch am Laufen hielten, kommunizierten Ryan und Sam auf einer ganz anderen Ebene, sagten sich Dinge mit winzigen, behutsamen Berührungen. Ein Streifen mit der Hand, ein Stups mit dem Ellbogen, ein sanfter Schubs mit dem Knie. Ryan nahm alle Stellen wahr, an denen ihre Körper sich berührten – und alle Stellen, an denen sie das nicht taten, obwohl er sich das gewünscht hätte.

Als Mari fertig gegessen hatte, schenkten sie ihr Wein nach und forderten sie auf, sich auszuruhen, während sie den Tisch abräumten und sich um den Plumpudding kümmerten.

Ryan gab Brandy zum Warmmachen in einen Topf und rührte darin herum, während Sam den Pudding in die Mikrowelle steckte.

„Hey", sagte Sam leise hinter Ryan.

„Was?" Ryan rührte weiter.

„Schau mal nach oben."

Ryan blickte auf und sah einen Mistelzweig, der mit einem Stück Goldband am Lampenschirm befestigt war. Dann senkte er den Blick und sah Sams hoffnungsvolles Lächeln.

„Ja?“ Ryan lächelte ebenfalls.

„Wir hatten noch keinen anständigen Weihnachtskuss.“

„Dann sollten wir das beheben.“

Ryan legte die Arme um Sam und Sam machte dasselbe bei ihm. Sie küssten sich zärtlich und größtenteils keusch, aber lange genug, dass Ryan wusste, Sam wollte mehr. Genau wie er. Ryans Herz fühlte sich an, als wollte es ihm aus der Brust springen, übervoll von wirren Gefühlen, die er nicht zu benennen wagte. Verlangen mischte sich mit etwas Sanfterem, etwas Süßerem.

Als sie sich wieder trennten, waren Sams Pupillen so riesig, dass das Graugrün der Iris kaum noch zu sehen war, und er hatte einen niedlichen, leicht weggetretenen Blick in den Augen. Ryan fragte sich, ob er genauso dreinschaute. Wahrscheinlich schon. Sam zu küssen brachte ihn ziemlich durcheinander.

„Alles wieder okay mit dir?“, fragte Sam.

„Warum?“ Ryan runzelte die Stirn. Für einen Moment war er verwirrt. Er hatte fast vergessen, dass er vorhin schlecht drauf gewesen war. Jetzt war alles bestens, abgesehen von der Tatsache, dass sie sich nicht mehr küssten. Aber hoffentlich würde Sam das nachher wieder tun wollen, wenn sie wieder unter sich waren.

„Du warst vorhin anscheinend ein bisschen down, nachdem du mit deinen Eltern geredet hattest.“

„Ach so, ja.“ Ryan seufzte. „Es ist nur... ich weiß nicht. Du weißt ja, wie mein Dad ist. Und Mum ist normalerweise okay, aber es ist ein komisches Gefühl, dass sie dieses Jahr mit Barry weg ist. Aber ich bin erwachsen. Sie sollte ohne mich in Urlaub fahren können, ohne dass ich deswegen rumheule wie ein Baby.“

Sam zog ihn wieder an sich, aber diesmal, um ihn zu drücken. „Es darf dir ruhig komisch vorkommen“, sagte er an Ryans Schulter, als Ryan die Umarmung erwiderte. „Ich würde mich auch komisch fühlen, wenn meine Mum an Weihnachten weg wäre.“

„Danke.“

Die Mikrowelle pingte, und Ryan drückte Sam für einen Moment noch fester an sich, dann ließ er ihn widerstrebend los.

Sam stürzte den Pudding auf einen Teller, während Ryan in Maris Schränken nach einem Kännchen für die Soße kramte. Als sie fertig waren, brachten sie beides ins Wohnzimmer.

„Oh, gut gemacht, Jungs. Brandy steht dort“, Mari deutete auf die Anrichte. „Und Streichhölzer sind auf dem Kaminsims.“

„Was sollen wir machen?“, fragte Sam. „Hast du schon mal einen Weihnachtspudding flambiert, Ry?“

„Nein, das hat immer mein Dad gemacht. Und meine Mum hasst Plumpudding, deshalb macht sie stattdessen immer Lemon Meringue Pie.“

„Gib her“, sagte Mari.

Sie nahm den Brandy, den Ryan ihr hinhielt, und gab einen kräftigen Schuss davon auf den dampfenden Pudding. „Jetzt die Streichhölzer.“ Sam gab sie ihr. „Los geht's!“ Sie riss ein Streichholz an und hielt es an den Pudding.

„Heilige Scheiße!“, rief Ryan.

Ein spektakuläres Dreieck von blauen und orangefarbenen Flammen umzüngelte den Pudding und leckte an dem Brandy, der sich am Tellerrand gesammelt hatte.

„Kann sein, dass ich es mit dem Brandy ein bisschen übertrieben habe." Mari grinste, wirkte jedoch nicht allzu besorgt.

Sam lachte. „Du hättest dir fast die Augenbrauen weggebrannt, Mari."

Sie blies auf die Flammen, aber das hatte keine große Wirkung, daher halfen Sam und Ryan mit. Unter viel Gelächter und mit vereinten Kräften schafften sie es schließlich, die Flammen auszupusten.

„Für einen Moment dachte ich schon, wir brauchen hier gleich die Feuerdecke", sagte Mari, leicht außer Atem, und lehnte sich zurück. „Schneidest du mir ein Stück ab, Sam? Aber bitte nur ein kleines. Ich habe eigentlich schon zu viel gegessen, aber ohne Pudding ist es kein Weihnachten."

Sam teilte den Pudding aus, ein winziges Stück für Mari und etwas großzügigere Portionen für sich und Ryan. Danach war Ryan pappsatt. Zuhause wäre er jetzt nach oben gegangen und hätte eine Jogginghose angezogen, um seinem Bauch ein bisschen Platz zu verschaffen. Er rutschte in seinen Jeans unbehaglich auf seinem Stuhl herum.

Sam schien dasselbe Problem zu haben. Er hatte seine Portion nicht ganz geschafft. Die letzten paar Bissen schob er weg und gab sich geschlagen. Dann lehnte er sich zurück und tätschelte sich den Bauch. „Das war fantastisch. Vielen, vielen Dank, Mari."

Erneut wiesen sie Maris Hilfe beim Abräumen des Tisches zurück.

„Nein, du entspannst dich jetzt", beharrte Ryan. „Wir machen das schon." Er wechselte einen Blick mit Sam, und Sam nickte.

„Na ja, wenn ihr meint. In zehn Minuten fängt eine Sonderausgabe von *Coronation Street* an, und ich hätte nichts dagegen, mir das anzuschauen."

„Ja, klar", sagte Sam. „Bleib sitzen."

NEUN

Nachdem sie aufgeräumt hatten, gingen sie. Mari klebte vor ihrer Fernsehsendung, und sie wollten sie nicht stören. Immerhin riss sie sich lange genug vom Fernseher los, um sie zur Tür zu bringen und zum Abschied zu umarmen.

„Das war eine wunderbare – wenn auch unerwartete – Art, Weihnachten zu feiern. Danke für eure Gesellschaft." Sie lächelte zu ihnen auf.

„Danke für das Essen. Das war definitiv besser als Chicken Nuggets und Pommes", sagte Sam.

„Gern geschehen. Schöne Weihnachten noch. Und seht zu, dass ihr vorbeikommt und euch verabschiedet, bevor ihr nach Hause fahrt. Es war schön, euch beide kennenzulernen."

Draußen wurden sie von kühlem Regen begrüßt, der auf ihre Gesichter fiel. Die eisige Kälte war verschwunden, und der Schnee schmolz rasch. Sam stellte fest, dass die Schneedecke bereits sehr viel dünner war als vorhin, als er zum Telefonieren draußen gewesen war.

„Sieht aus, als könnten wir morgen heimfahren... wenn

du willst?", sagte er zu Ryan. „Hast du es eilig, wieder nach Hause zu kommen?"

„Nee. Mum ist nicht vor dem Neunundzwanzigsten wieder da. Ich würde schon gerne noch bei meinem Dad vorbeischauen, bevor ich wieder nach Brighton fahre, aber wahrscheinlich gehe ich nur zum Abendessen hin und bleibe nicht über Nacht. Also werde ich nur zuhause rumhängen, mich vielleicht mit ein paar Kumpels treffen, falls sie da sind."

Ryan bemühte sich um einen lässigen Tonfall, aber vergeblich. Sam merkte ihm an, dass ihn seine Pläne für den Rest des Urlaubs nicht sonderlich begeisterten.

„Wir könnten noch einen Tag länger bleiben, wenn du willst", schlug er vor.

„Ja?" Ryan hörte sich sofort fröhlicher an. „Aber willst du nicht nach Hause zu deiner Familie?"

„Die kommen auch noch einen Tag länger ohne mich aus." Sam kam näher und griff nach Ryans Hand. Keiner von beiden hatte sich heute die Mühe gemacht, Handschuhe anzuziehen, und ihre Handflächen waren warm, wo sie aufeinander lagen. Sam drückte Ryans Hand, schwang beim Gehen ihre Hände. „Und es ist gar nicht so schlecht, mit dir hier zu sein."

„Ja." Ryans Stimme war schroff, doch als Sam ihm einen Seitenblick zuwarf, versuchte Ryan ein Lächeln zu verbergen.

„Okay", sagte Sam. „Ich rufe morgen früh meine Mum an, aber ich wüsste nicht, warum ich nicht auch noch eine Nacht länger bleiben könnte."

IN IHREM COTTAGE kuschelten sie sich nebeneinander auf dem Sofa unter eine Decke. Heute war es nicht ganz so kalt, daher wurde es mit zugezogenen Vorhängen und ein paar Scheiten im Kamin schnell warm im Raum.

Sie spielten Zwanzig Fragen, zu satt und faul für irgendwas Aktiveres, und dann machten sie ein Verdauungsschläfchen.

Als Sam aufwachte, war Ryans Hand in seinem Haar und streichelte es träge. Sams Kopf lag an Ryans Halsbeuge geschmiegt; er war im Schlaf seitwärts gegen Ryan gesackt. Sam hielt still und genoss das Gefühl.

Er fragte sich, was Ryan wohl gerade durch den Kopf ging. Es kam ihm so merkwürdig vor, so mit ihm zusammen zu sein – als wären sie eher ein Liebespaar als Freunde. Kalte Finger des Zweifels tasteten nach seinem Herzen. Was machten sie hier, in ihrem sicheren Hafen, ihrer kleinen Weihnachts-Seifenblase in *Hafan Dawel*? Und was würde passieren, wenn sie wieder in die harte Realität ihres Alltagslebens zurückkehrten? Einerseits hätte Sam das Thema gern mit Ryan zur Sprache gebracht, um zu wissen, was er zu erwarten hatte. Doch andererseits wollte er es ignorieren und das Hier und Jetzt genießen, wie es war. Er befürchtete, die fragile Intimität zwischen ihnen zu zerstören, wenn er die Fragen stellte, die wie Geier in seinem Kopf kreisten.

Er war noch nicht bereit, das aufzugeben.

Sam zeigte Ryan, dass er wach war, indem er die Hand bewegte, die auf Ryans Brust lag. Ryan war so wunderbar solide. Seine breite, muskulöse Brust fühlte sich unter Sams Hand großartig an. Sam schlang einen Arm um Ryans Oberkörper und drückte ihn an sich. Er summte beifällig, als Ryan ihm weiter den Kopf kraulte – fast so, als wäre er eine Katze. Sam hätte geschnurrt, wenn er gekonnt hätte. Träge Erregung regte sich in seinem Unterleib.

Er legte den Kopf zurück, um Ryan ansehen zu können. „Sollen wir ins Bett gehen?"

Ryan zuckte die Achseln. Ein leises, anzügliches Lächeln spielte um seine Lippen. „Vielleicht. Ich bin aber nicht müde, nicht nach dem Nickerchen eben." Seine Augen waren dunkel und eindringlich und voller Versprechen.

„Wer hat denn was von Schlafen gesagt?" Sam erwiderte das Grinsen.

Er kniete sich breitbeinig über Ryan, umspannte seine Hüften mit den Oberschenkeln. Ryan zog ihn zu sich herunter und küsste ihn, und von da an eskalierte das Ganze, bis sie beide hart und außer Atem waren.

Sam küsste sich an Ryans Kehle entlang nach unten, bis ihm das T-Shirt in die Quere kam. Gleichzeitig arbeitete er sich mit den Händen unter Ryans Klamotten nach oben vor, fand warme Haut und straffe Muskeln, streichelte über Flanken und Rippen, bis Ryan sich wand und dann nach Luft schnappte, als Sam eine Brustwarze berührte. Er rieb sie und fühlte, wie sie sich unter seinen Fingern zusammenzog.

Sam schlängelte sich nach unten, so dass er auf dem Boden zwischen Ryans Beinen kniete. Er schob Ryans T-Shirt und Hoodie hoch, um statt der Finger die Zunge einsetzen zu können. Dann leckte er an Ryans hartem Nippel, lutschte daran, atmete die süße Wärme von Ryans Haut ein.

„Gott, Sam." Ryan wühlte die Finger in Sams Haare

und streichelte ihn wieder. Ermutigt bewegte Sam sich weiter nach unten. Er leckte über Ryans Rippen und Bauchmuskeln und fuhr mit der Nase den Streifen aus dunklen Haaren nach, der zu Ryans tiefsitzender Jeans und dem Taillenbund seiner Boxershorts führte, der daraus hervorschaute.

„Ist das okay?", fragte Sam, während er Ryans Hose aufzumachen begann.

„Ähm, ja."

Ryan hörte sich an, als fände er die Frage total dämlich. Womit er wahrscheinlich recht hatte, wie Sam zugeben musste. Ryan war eindeutig voll dabei – sein Schwanz war wie eine Eisenstange unter Sams Fingern – und wer ließ sich *nicht* gerne einen blasen?

Er befreite Ryan aus der Unterhose. Gott, was für ein hübscher Schwanz. Nicht riesig, aber dick und mit echt sexy Adern, die Sam mit der Zunge nachzeichnen wollte. Also tat er das auch. Er fing an der Wurzel an und fuhr mit der Zunge daran entlang bis zum Rand von Ryans Vorhaut, machte aber kurz vor der empfindsamen Eichel halt.

„Das hab' ich gern, erst scharfmachen und dann aufhören."

Ryans Stimme klang belustigt, aber auch ein bisschen atemlos. Es war nicht zu übersehen, dass er gewaltig angetörnt war, und das gefiel Sam ziemlich gut.

Jetzt ignorierte er Ryans Schwanz und ging tiefer, vergrub die Nase in Ryans dunklen, buschigen Schamhaaren und atmete seinen Duft ein. Das steigerte seine eigene Erregung noch ein bisschen mehr. Er drückte das Gesicht an Ryans Hodensack, leckte mit flacher Zunge daran. Ryan stöhnte auf.

„Gott, das ist gut.“

Er klang überrascht.

„Hat dir noch nie jemand die Eier geleckt?“, fragte Sam, den Mund an der weichen Haut.

„Frauen machen sich normalerweise direkt über den Schwanz her“, antwortete Ryan.

„Amateure.“

Ryan prustete und schnappte dann nach Luft, als Sam endlich seinen Schwanz in den Mund nahm und zu lutschen begann.

Sam hätte behaupten können, dass er keinen Eindruck schinden wollte, dass er nicht mit den vielen Frauen wetteifern wollte, die Ryan wahrscheinlich im Laufe des letzten Jahres oder so einen geblasen hatten. Aber das wäre gelogen gewesen. Denn genau das wollte er, verdammt nochmal. Er wollte Ryan beweisen, dass er besser war als jede Frau, dass er Ryan heftiger abspritzen lassen konnte als jede von ihnen.

Also versuchte er es mit allen Tricks, mit allem, wovon er wusste, dass es sich bei ihm selbst gut anfühlte. Aber vor allem ließ er sich Zeit, brachte Ryan immer wieder bis fast zum Orgasmus, aber nie ganz. Denn er wusste, wenn er ihn endlich kommen ließ, würde es umso besser sein, je länger der Weg zum Gipfel gedauert hatte. Obwohl er selbst so geil war, dass es schon wehtat, nahm er sich gern die Zeit. Ryans prachtvollen Schwanz zu lutschen fiel ihm nicht gerade schwer. Davon träumte er schon länger, als er zugeben wollte. Endlich war seine Fantasie wahr geworden, und er nahm Ryan mit jedem Lecken, jedem Lutschen, jedem Gleiten seiner Lippen auseinander.

Es war ober-affen-hammergeil.

Sam behielt eine Hand frei, um Ryans Eier streicheln und an ihnen ziehen zu können. Doch mit der anderen machte er seinen Reißverschluss auf und drückte seinen Schaft zusammen. Anfangs versuchte er sich zurückzuhalten, aber dann gab er sich geschlagen und wichste, während er Ryan bearbeitete.

Ryan war inzwischen völlig durch den Wind, keuchte und stemmte sich Sams Mund entgegen. Er atmete schwer und murmelte nur gelegentlich: „Ja!“ oder „Fuck, Sam.“

Als Sams Kiefer zu schmerzen begann, legte er sich richtig ins Zeug und machte ernst. Und als Ryan ächzend abspritzte, kam Sam auch und stöhnte um Ryans Schwanz. Er schluckte, dann gab er Ryan frei, wischte sich den Mund ab und blickte grinsend auf.

Ryans Gesicht war gerötet, und er sah völlig fertig aus. Sams Werk war getan.

„Fröhliche Weihnachten“, sagte er.

„Danke, Mann“, antwortete Ryan schwach. „Bestes Geschenk aller Zeiten.“ Er umfasste Sams Wange mit einer Hand und streichelte ihn leicht mit dem Daumen. „Soll ich... äh, willst du...“

Ryan leckte sich die Lippen und sein Blick zuckte nach unten. Sam hatte immer noch die Hand in der Hose.

„Nein, nicht nötig.“ Sam zog die Hand aus der Hose und wackelte mit seinen klebrigen Fingern. Ryan blieb vor Überraschung der Mund offenstehen. „Dann machst du das also wirklich gern?“

„Jau.“ Sam lächelte und leckte sich die Lippen. „Ich liebe es.“

Er stand auf und blickte sich suchend nach etwas um, womit er sich die Hand abwischen konnte. Doch da er nichts Brauchbares fand, ging er in die Küche und spülte sie unter dem Wasserhahn ab. Dann machte er seine Hose zu, und als er wieder ins Wohnzimmer kam, tat Ryan gerade dasselbe.

Sam gähnte; nach dem Orgasmus war er jetzt schläfrig. „Ich bin müde. Ich brauch' mein Bett. Kommst du auch und hältst mich warm?"

„Sollte ich wohl. Ohne mich frierst du dir sonst deinen mageren Hintern ab", neckte Ryan.

„Du liebst meinen mageren Hintern", konterte Sam. Dann wurde er rot, als ihm bewusst wurde, was er gesagt hatte.

Doch Ryan schien Sams plötzliches Unbehagen nicht zu bemerken. Er streckte die Hand aus. „Dann zieh mich hoch."

Sam nahm Ryans Hand und zog. „Jesus, wer hat die ganzen Pies gegessen?"

„Du kannst mich mal." Ryan boxte ihm leicht gegen den Arm.

SIE SCHLIEFEN WIEDER in T-Shirts und Boxershorts und wie immer eng aneinandergeschmiegt, um sich zu wärmen. Sam erwachte am zweiten Weihnachtstag mit dem Kopf auf Ryans Brust und dem leisen Pochen von Ryans Herzschlag im Ohr.

Er blieb liegen und ließ seine Gedanken in unbehaglichen Kreisen wandern.

Das Wissen, dass sie nur noch eine gemeinsame Nacht hier hatte, steckte in seinem Hinterkopf fest wie ein schmerzhafter Splitter. Ryan hatte bisher keine Anstalten gemacht, über das zu reden, was zwischen ihnen vorging. Sam wusste, dass er es zur Sprache bringen sollte, wenn Ryan das nicht tat. Aber er hatte Angst davor, wo dieses Gespräch hinführen könnte. Er konnte seinem besten Freund ja schlecht eingestehen, dass er seit fast einem Jahr in ihn verliebt war. Ein solches Geständnis würde auf keinen Fall gut ausgehen, außer wenn Ryan wie durch ein Wunder auch auf ihn stehen sollte – und auf dieselbe Art.

So gern er sich auch eingeredet hätte, dass das der Fall war, Sam war Realist. Ryan mochte ihn offensichtlich, aber nichts deutete darauf hin, dass es für ihn mehr war als ein Fick unter Freunden. Vermutlich würde Ryan davonlaufen, wenn Sam zugab, dass seine Gefühle tiefer gingen. Ryan war noch nicht einmal ‚out', also würde er sich auf keinen Fall kopfüber in etwas Ernsthaftes stürzen wollen – selbst, wenn sie es weiterhin miteinander trieben, wenn diese außergewöhnlichen, denkwürdigen Tage hinter ihnen lagen.

Sam seufzte, als er sich vorstellte, wie sie im nächsten Semester hinter dem Rücken ihrer Mitbewohner herumschleichen würden. Wenn das alles war, was er kriegen konnte, würde er es nehmen, das wusste er. Er hatte keinen Stolz, wenn es um Ryan ging. Sam war tierisch scharf auf ihn, und er war nur ein Mensch, aber er wollte so viel mehr. Er wollte Ryans Partner sein, nicht sein schmutziges Geheimnis.

Als Ryan schließlich auch wach wurde, sich streckte und ein verschlafenes „Guten Morgen" murmelte, drehte Sam sich auf den Bauch, um ihm ins Gesicht sehen zu können. Ryan blinzelte ihn mit zusammengekniffenen

Augen an und lächelte, und Sam senkte den Kopf und küsste ihn, bevor er Zeit hatte, es sich anders zu überlegen. Ryan erwiderte den Kuss, hob die Hände und vergrub die Finger in Sams Haaren, und Sam rückte näher, um seine Morgenlatte an Ryans Hüfte drücken zu können. Ihre Küsse schmeckten ein bisschen abgestanden vom Schlafen, aber es fühlte sich so gut an, dass Sam das egal war. Ryan schien es auch nicht zu stören, so wie er sich an Sams Oberschenkel rieb.

Sam machte sich widerstrebend von ihm los – und nur, weil er seine letzte Unterhose anhatte und es sich nicht leisten konnte, die auch noch mit Sperma zu verkleckern. Ryan hielt ihn nicht zurück, aber er schaute ein bisschen sehnsüchtig drein.

„Ich hab' Hunger", sagte Sam.

Das stimmte sogar. Es war bereits später Vormittag, und sein Magen hatte angefangen zu knurren, während er darauf wartete, dass Ryan aufwachte. „Und ich muss meine Mum anrufen und ihr Bescheid sagen, dass ich noch einen Tag bleibe."

ZEHN

Sie standen auf, zogen sich an und gingen nach unten, um Frühstück zu machen. Während sie zusammen in der kleinen Küche standen, wollte Ryan Sam ständig berühren – nur flüchtig, aber auf eine Art, die über das rein Freundschaftliche hinausging, woran sie sich bisher immer gehalten hatten. Doch er behielt seine Hände bei sich, da er nicht wusste, wo die Grenzen jetzt lagen.

Ryan seufzte.

Bevor sie nach Hause fuhren, mussten sie ernsthaft über das reden, was hier gerade lief. Ansonsten konnte es verdammt komisch werden, wieder an der Uni und mit ihren Freunden zusammen zu sein, wenn diese ganze Unsicherheit zwischen ihnen schwebte. Aber Ryan hatte keine Ahnung, was Sam von all dem hielt. Offenbar war er scharf auf ihn, sonst hätten sie nichts miteinander angefangen, aber vielleicht war das für Sam nur ein flüchtiges Abenteuer.

Ryan rührte seinen Tee um und nahm den Beutel

heraus, dann machte er dasselbe bei Sams Tasse, während Sam den Toast mit Butter bestrich.

„Willst du Marmelade?", fragte er Ryan.

„Ja, bitte."

Ryan beobachtete ihn und ging dabei in Gedanken immer noch die Möglichkeiten durch.

Ganz ehrlich, Ryan wusste selbst nicht genau, was er wollte. Er war Hals über Kopf in Sam verliebt – das konnte er zugeben. Nichtsdestotrotz war es die eine Sache, mit Sam herumzumachen, während sie hier allein waren – aber was würde passieren, wenn sie wieder an der Uni waren? Er hatte keine Ahnung, ob Sam diese ‚Beziehung' weiterführen wollte, in Ermangelung eines besseren Ausdrucks. Und selbst wenn er das wollte, war Ryan bereit, sich zu outen? Und falls nicht, wäre Sam dann bereit, alles geheim zu halten? Es gab zu viele offene Fragen, und das stresste Ryan. Er war froh, dass sie noch eine weitere Nacht zusammen verbringen würden. Vielleicht würde er mit ein bisschen mehr Zeit die Dinge klarer sehen.

NACH DEM FRÜHSTÜCK stand Sam auf und zog seine Jacke an.

„Ich geh' nur meine Mum anrufen." Er setzte sich auf die unterste Treppenstufe und zog die Schuhe an.

„Okay." Ryan begriff unglücklich, dass es für seine Eltern keine Rolle spielte, ob er noch einen Tag länger blieb oder nicht. Daheim wartete nur ein leeres Haus auf ihn. „Bist du sicher, dass es okay ist, noch eine Nacht zu bleiben?"

„Ja, wenn du willst?"

Ryan zuckte die Achseln und versuchte, lässig zu klingen. „Na ja, ich hab' keinen Grund, mich mit der Heimfahrt zu beeilen, also..."

„Cool." Sam klopfte sich auf die Jeanstasche, um sich zu vergewissern, dass er sein Handy dabeihatte. „Bin gleich wieder da."

Sie hatten heute Morgen kein Feuer angezündet, also machte Ryan den Kamin sauber, während er auf Sams Rückkehr wartete. Er fegte die Asche von gestern Abend in einen Eimer. Der Staub brachte ihn zum Niesen, und er wischte sich mit dem Handrücken die Nase. Hoffentlich hatte er jetzt keinen Ruß im Gesicht.

Als die Tür aufging, drehte er sich um. Doch sein Begrüßungslächeln verrutschte, als er Sams Gesicht sah.

„Was ist los?"

„Nichts Schlimmes... aber meine Oma ist gestern gestürzt, und sie ist im Krankenhaus. Sie hat sich den Arm gebrochen, und das muss genagelt werden. Morgen wird sie operiert."

„Oh, Shit."

„Ja, sie wird schon wieder, aber sie wird zuhause in nächster Zeit ein bisschen Hilfe brauchen. Mum und Dad wollen heute Nachmittag hinfahren und ein paar Tage dortbleiben, also muss ich nach Hause und auf meine kleinen Geschwister aufpassen. Tut mir leid, Ry." Er runzelte die Stirn, entschuldigend und besorgt.

„Nein, ist schon gut. Natürlich musst du zurück." Ryan hätte Sam jetzt gern in den Arm genommen und ihn getröstet, aber Sam hastete bereits die Treppe rauf.

„Ich fang' mal an zu packen", sagte er. „Ich will so schnell wie möglich los."

„Ja, klar."

Ryan ging die Küche durch, räumte alles auf und packte die Lebensmittel, die sie gekauft hatten, in Plastiktüten. Die Enttäuschung über das vorzeitige Ende ihrer gemeinsamen Zeit lag ihm schwer im Magen, obwohl er sie zu ignorieren versuchte. Er knallte eine Schranktür brutal zu, wütend auf sich selbst, weil er so ein selbstsüchtiges Arschloch war, wenn Sams Oma sich verletzt hatte und Sam sich offensichtlich Sorgen um sie machte.

„Scheiße", fluchte er. „Gottverfluchte Scheiße."

Er wünschte wirklich, sie hätten diese zusätzliche Nacht gehabt.

SIE SCHAFFTEN ES, in weniger als einer Stunde zum Aufbruch bereit zu sein. Dafür, dass sie es so eilig hatten, hinterließen sie das Cottage so sauber und ordentlich wie nur möglich.

„Können wir noch bei Mari vorbeigehen und tschüss sagen?", fragte Ryan. „Wir haben es versprochen."

„Ach ja, natürlich. Gut, dass du daran gedacht hast."

Sie gingen die kurze Strecke zu Maris Haus zu Fuß und klopften an die Tür.

„Guten Morgen", begrüßte sie sie. „Kommt rein. Ich setze Wasser auf."

„Tut mir leid, aber wir können nicht bleiben", sagte Sam.

Er erklärte die Sachlage, und Ryan sah, wie sich Maris

Miene vor Besorgnis verdüsterte. „Oh, das tut mir aber leid. Ich hoffe, deine Oma erholt sich gut. Aber es war lieb von euch, dass ihr an mich gedacht habt. Ich hätte mich gefragt, was passiert ist, wenn ihr nicht vorbeigekommen wärt. Fahrt vorsichtig, und nochmal danke für das schöne Weihnachtsfest."

Sie umarmte Sam und küsste ihn auf die Wange, dann machte sie dasselbe mit Ryan.

„Dir auch vielen Dank", sagte Ryan. „Vielleicht sehen wir uns mal wieder, wenn wir das nächste Mal kommen."

„Ja, ihr müsst mich unbedingt besuchen kommen, wenn ihr wieder mal hier seid."

Etwas streifte Ryans Knöchel, und als er nach unten schaute, sah er Nerys. Sie miaute, und er ging in die Hocke, um sie zu streicheln. „Tschüss, Nerys. Lauf nicht wieder weg."

Sie miaute wie zustimmend und begann dann zu schnurren.

AUF DER HEIMFAHRT war Sam schweigsam. An seinem angespannten Gesicht merkte Ryan, dass er besorgt war. Sam mochte seine Oma, da machte er sich zwangsläufig Sorgen um sie.

Ryan überlegte ständig, ob er das Thema ‚Beziehung' zur Sprache bringen sollte und was – wenn überhaupt – aus ihnen werden sollte, wenn sie wieder zurück waren. Aber der Zeitpunkt erschien ihm unpassend. Sam hatte gerade andere Dinge im Kopf, und Ryan wollte ihm nicht noch mehr Stress machen, indem er ihn unter Druck setzte.

Aber als sie fast schon bei Ryans Elternhaus waren, konnte er sich nicht mehr zurückhalten. Er brauchte etwas, irgendeinen Hinweis darauf, was Sam empfand und wie sie mit der Sache umgehen sollten.

„Also, äh", begann Ryan und zupfte an einem Fingernagel herum, um Sam nicht ansehen zu müssen. „Wir sind nie dazu gekommen, über alles zu reden... du weiß schon. Über das, was passiert ist." *Redegewandt, Ryan. Sehr redegewandt.* „Ich hab' mich gefragt... was wir machen sollen, wenn wir nächste Woche wieder in Brighton sind."

Ryan sah aus dem Augenwinkel, wie Sam den Kopf drehte und ihm einen kurzen Blick zuwarf, ehe er wieder auf die Straße schaute. Sams Tonfall war schwer zu deuten, als er antwortete: „Tja. Was möchtest du denn? Sollen wir mal probieren, ob das mit uns klappt?"

Ryan geriet in Panik. Ja, was zum Teufel wollte er eigentlich? Wollte er mit Sam zusammen sein, eine Beziehung anfangen? Er wusste, dass seine Gefühle für Sam meilenweit von Freundschaft entfernt waren. Aber war er bereit, sich als schwul zu outen, mit allen Konsequenzen fertig zu werden? Da war er sich nicht sicher. Doch Sam ging schließlich offen mit seiner Sexualität um. Da war es nicht fair, von ihm zu verlangen, ihre Beziehung Ryan zuliebe geheim zu halten.

„Ich weiß nicht", antwortete er. Er zerbrach sich den Kopf, wie er das näher ausführen sollte, wie er seine komplizierten Gefühle für Sam auf eine Art erklären sollte, die ihn nicht abschrecken würde. Doch Sam seufzte und sprach dann weiter, ehe Ryan einen zusammenhängenden Satz formulieren konnte.

„Schon gut. Es ist keine große Sache. Vielleicht ist es

das Beste, wenn wir nur Freunde bleiben. Und falls du dir Sorgen machst, dass ich was zu jemandem sagen könnte – das hab' ich nicht vor. Dein Geheimnis ist bei mir gut aufgehoben." Er bremste scharf an einer Kreuzung und hielt den Blick starr auf die rote Ampel geheftet, als Ryan ihn ansah und versuchte, seinen Gesichtsausdruck zu deuten.

Es ist keine große Sache.

Die Worte waren wie Gift, das kalt durch Ryans Adern rann und dafür sorgte, dass sich ihm der Magen umdrehte. Bittere Wut stieg in ihm hoch bei der Erkenntnis, dass das alles für Sam nur ein kleiner Spaß gewesen war. Und dass die Gefühle sehr einseitig waren, schmerzte schlimmer, als er es je für möglich gehalten hätte. Er steckte offensichtlich noch tiefer drin, als er gedacht hatte.

„Oh. Gut." Er zupfte an einem Nietnagel an seinem Daumen herum und riss ihn ab. Es begann zu bluten, und der scharfe Schmerz lenkte ihn ab. „Ja, klar. Wir sollten es wahrscheinlich einfach dabei belassen. Es als Urlaubsflirt verbuchen oder was auch immer."

Die Ampel wurde grün.

„Das ist wahrscheinlich das Beste." Sams Stimme klang gepresst. Er legte den Gang ein und ließ den Motor laut aufheulen, als er losfuhr.

Vielleicht war Sam dieses Gespräch ja peinlich. Falls ja, war er da nicht der Einzige.

Ryans Wangen wurden heiß. Gott sei Dank hatte er nicht zu viel gesagt. So wusste Sam wenigstens nicht, dass Ryan blöderweise in ihn verknallt war, und sie konnten irgendwie wieder nur Freunde sein, ohne dass es zu peinlich wurde. Oh ja, Ryan würde sich eine Zeitlang die

Wunden lecken müssen, aber er würde darüber wegkommen. Es gab genug andere schwule Fische im Meer, richtig? Nur weil er so dumm gewesen war, sich in seinen besten Freund zu verlieben, hieß das noch lange nicht, dass er nicht irgendwann jemand anderen finden würde, für den er genauso viel empfand wie jetzt für Sam.

Sam bog in Ryans Straße ein, und sie blieben stumm, bis er vor Ryans Elternhaus anhielt.

„Also dann." Ryans gespielte Fröhlichkeit klang selbst in seinen Ohren falsch. „Danke fürs Mitnehmen, und wir sehen uns dann ja wohl in ein paar Tagen in Brighton. Wann fährst du zurück?"

„Wahrscheinlich erst an Silvester." Sams Gesicht war verschlossen, und er trommelte mit den Fingern auf dem Lenkrad herum.

„Okay, gut, also bis dann." Ryan machte die Autotür auf und stieg aus. Sam stieg ebenfalls aus und stand unsicher herum, während Ryan seine Tasche aus dem Kofferraum holte.

Schließlich hob er den Kopf und sah Ryan an, und für einen Moment starrten sie einander in die Augen. Sam sah bleich aus, und seine pinkfarbenen Lippen hoben sich deutlich von der Blässe seiner Haut ab. Die Schatten unter seinen Augen waren dunkler als sonst, und Ryans Herz geriet ins Stolpern, als er ihn ansah. Es würde verdammt schwer werden, zu einer platonischen Freundschaft zurückzukehren – jetzt, wo er wusste, wie es sich anfühlte, Sam zu küssen und ihn in den Armen zu halten. Er stellte seine Tasche ab, trat vor und zog Sam in eine „Definitiv-nur-Freunde" – Umarmung, die besser war als nichts. Sam erwiderte die Umarmung, und Ryan atmete den Duft seiner Haare ein, da er die Erinnerung an ihn bewahren wollte.

Nur allzu bald fühlte Ryan, wie Sam sich von ihm loszumachen begann, und ließ ihn gehen.

„Ich hoffe, deine Oma wird wieder. Pass auf dich auf, ja? Und wir sehen uns dann an Neujahr."

„Ja, bis dann, Ry."

Sam verzog die Lippen zu einem traurigen, kleinen Lächeln, das Ryan ihm am liebsten weggeküsst hätte. Er drehte sich um und stieg wieder ins Auto, und Ryan sah ihm nach, als er wegfuhr, und fühlte ein Ziehen im Herzen, als das Auto um die Ecke bog und aus seinem Blickfeld verschwand.

ELF

Sam umklammerte das Lenkrad fest, als er wegfuhr und Ryan auf der Straße stehen ließ.

Seine Augen brannten und seine Kehle war wie zugeschnürt. „Scheiße, Mist, Scheißdreck, Fuck!", fluchte er und versuchte, das schreckliche Aufwallen von Gefühlen zu unterdrücken.

„Ich bin ein solcher Vollidiot. Warum hab' ich mir das bloß angetan?"

Er hätte es besser wissen sollen, als sich mit Ryan einzulassen. Er hatte sich eingeredet, dass es seine Verknalltheit wohl kaum schlimmer machen würde, wenn er einfach nahm, was er kriegen konnte. Aber das war Quatsch, denn jetzt war es ungefähr tausendmal schlimmer, nachdem er gehabt hatte, was er gewollt hatte – wenn auch nur kurz – und es nicht behalten durfte.

Er schnaubte, denn dabei musste er plötzlich an ein Erlebnis aus seiner Kindheit denken. Einmal hatten sie am letzten Schultag Spielsachen in die Schule mitbringen dürfen. Sams Freund Max hatte einen Buzz Lightyear gehabt, den Sam total cool gefunden hatte. Max hatte das ferngesteuerte Auto gefallen, das Sam mitgebracht hatte, und daher hatte er sich zu einem Tausch bereiterklärt. Als Sechsjähriger hatte Sam natürlich nicht verstanden, dass das nicht für immer galt, sondern nur für einen Nachmittag. Deshalb hatte der Lehrer ihm am Ende des Schultags die Buzz-Lightyear-Figur buchstäblich mit Gewalt wegnehmen müssen, um sie Max zurückzugeben. Sam hatte auf dem ganzen Heimweg untröstlich geweint, bis seine Mum ihn mit Kuchen und Zeichentrickfilmen im Fernsehen abgelenkt hatte und Buzz vergessen war.

Wenn nur Ryan auch so leicht zu vergessen wäre.

Das Schlimmste war, dass Sam sich Hoffnungen gemacht hatte. Er hatte wirklich geglaubt, Ryan würde vielleicht weitermachen wollen, um zu sehen, ob aus der Sache mit ihnen etwas werden konnte. Er bezweifelte, dass er sich die Verbundenheit zwischen ihnen nur eingebildet hatte. Diese Gefühle gingen über das rein Sexuelle hinaus. Aber Freundschaft war nicht dasselbe wie romantische Liebe, und vielleicht hatte Sam ja nur gesehen, was er sehen wollte. Wenn Ryan mehr gewollt hätte, hätte er das dann nicht gesagt, als Sam ihn gefragt hatte? Seine Antwort hatte für Sam wie ein Ausweichmanöver geklungen, als hätte er ihn mit seinem „Ich weiß nicht“ auf höfliche Art zurückweisen wollen.

Sam fühlte sich höflich zurückgewiesen – mit Zäunen und Stacheldraht.

ALS ER ZUHAUSE ANKAM, waren seine Eltern bereits auf dem Weg nach draußen. Koffer standen im Flur, und seine Mum zog gerade ihren Mantel an.

„Oh, gutes Timing, Sam. Wir wollten gerade losfahren. Schön, dass wir uns vorher noch gesehen haben." Sie umarmte Sam, küsste ihn auf die Wange und drückte ihn fest.

„Ich habe für heute Abend Chili aus dem Gefrierschrank geholt. Lass Adam nicht zu lange aufbleiben und X-Box spielen, und wenn Amy mit ihren Freundinnen ausgeht, muss sie spätestens um zehn zuhause sein."

„Okay, Mum."

Sams Dad umarmte ihn ebenfalls. „Willkommen zuhause. Wie war die Fahrt? Problemlos, jetzt wo der Schnee weg ist?"

„Ja, ja, alles okay."

Er half seinem Dad, das Gepäck ins Auto zu laden, und verabschiedete sich von seinen Eltern. Amy kam zum Winken mit raus, aber Adam war in ein Multiplayer-Spiel vertieft, das er nicht unterbrechen konnte – oder wollte.

„Sagt Oma liebe Grüße von mir", sagte Sam. „Ich hoffe, sie hat keine großen Schmerzen."

„Also dann, bis in ein paar Tagen", sagte seine Mum durch das offene Fenster. „Wir rufen vorher an und sagen Bescheid, wenn wir zurückkommen. Passt auf euch auf."

„Und demoliert mir nicht das Haus, während wir weg sind. Keine Partys!" Sein Dad beugte sich vor und wackelte drohend mit dem Zeigefinger.

„Keine Sorge, Dad. Nach meinem Achtzehnten habe ich versprochen, das nie wieder zu machen, schon vergessen?"

Als seine Eltern weg waren, brachte Sam seine Sachen rauf in sein Zimmer und warf sich aufs Bett. Auspacken erschien im viel zu mühsam, und er wusste absolut nichts mit sich anzufangen. Er überlegte, ob er einen Freund anrufen und Pläne machen sollte, aber er konnte schlecht abends in den Pub gehen, wenn er auf Adam aufpassen sollte. Vermutlich hätte Amy an seiner Stelle den Babysitter spielen können, aber Sam hatte sowieso keine große Lust auf Geselligkeit.

Er fuhr seinen Laptop hoch und sah nach, welche Hausarbeiten in den ersten Wochen des nächsten Semesters fällig waren. Vielleicht konnte er sich zur Ablenkung ein paar Tage lang in Arbeit stürzen. Er musste bis Ende Januar einen Aufsatz schreiben. Vielleicht konnte er sich dafür schon mal ein paar Notizen machen. Er öffnete ein neues Worddokument und kopierte die Frage hinein. Und dann starrte er auf den Bildschirm und fühlte sich völlig uninspiriert.

Wenn er lernte oder Hausarbeiten schrieb, chattete er normalerweise immer mit Ryan. Sie waren im gleichen Kurs und arbeiteten oft gemeinsam an ihren Projekten. Aber heute widerstrebte es ihm, mit Ryan Kontakt aufzunehmen.

Sam starrte auf die leere Seite und fragte sich, was Ryan wohl gerade machte. Dachte er gerade an ihn? Bereute er, was sie getan hatten? Hoffentlich würde das Wiedersehen an Neujahr nicht allzu peinlich werden. Sie würden einen Weg finden müssen, darüber hinwegzukommen, denn Sam konnte den Gedanken nicht ertragen, Ryan als Freund zu verlieren. Ryans Freundschaft mochte ihm vielleicht wie ein Trostpreis vorkommen, aber sie war trotzdem wichtig. Mit Ryan war Sams Leben besser als ohne ihn.

FÜR RYAN VERGING die Zeit quälend langsam, voller Einsamkeit und zwanghafter Gedanken an Sam. Einen Tag vor der geplanten Rückkehr seiner Mutter bekam er endlich den Hintern hoch und erledigte den Pflichtbesuch bei seinem Dad. Es war nicht allzu schlimm. Beim Mittagessen beantwortete er eine Menge Fragen über seine Karrierepläne und schaffte es dann, seinen Dad stattdessen auf das Thema Rugby zu bringen.

An diesem Abend versuchte er sich aus seiner Sam-bedingten Depression aufzuraffen, indem er mit ein paar alten Schulkameraden in den Pub ging.

Es funktionierte ein paar Stunden lang. Der Alkohol in seinem Blut betäubte den scharfen Schmerz in seinem Innern und schuf für eine Weile eine Illusion von Fröhlichkeit. Doch ein Pint zuviel stürzte ihn gleich wieder ins heulende Elend, und seine Gedanken waren in einer unglücklichen Spirale gefangen wie in einem Strudel von Schmutzwasser, das durch den Abguss floss.

Niemand schien etwas von Ryans schlechter Laune zu bemerken. Die meisten seiner Freunde waren dafür schon zu beschwipst. Eine junge Frau, an die Ryan sich dunkel aus der sechsten Klasse erinnerte, versuchte ihn eine Zeitlang anzubaggern, aber das rief Ryan nur wieder ins Gedächtnis, dass Frauen nicht sein Ding waren. Beim

Anblick ihres Dekolletés und ihrer weichen, zierlichen Hände mit den lackierten Fingernägeln fragte Ryan sich, wieso er jemals geglaubt hatte, er stünde auf Frauen. Aber andererseits, wenn er sich so unter seinen männlichen Schulkameraden am Tisch umblickte, hätte er auch mit keinem von denen knutschen wollen.

Er wollte nur Sam.

An diesem Punkt flüchtete er – indem er so tat, als müsste er auf die Toilette – und kehrte nicht zurück.

Als er durch die Dunkelheit nach Hause ging, kreisten seine Gedanken immer noch um Sam, also zog er sein Handy aus der Tasche und begann zu tippen. *Ich vermiss dich.* Dann, bevor er das abschickte, versuchte er noch etwas hinzuzufügen. *Ich glaub ich bin verliebt in dich.* Doch er vertippte sich bei „glaub" und sein Handy korrigierte zu „gab". Er fluchte, löschte und fing nochmal an, doch er machte denselben Fehler immer wieder. Bevor er fertig schreiben konnte, lenkte ihn eine SMS von einem seiner Freunde ab. *Wo steckst du, hast du die Frau abgeschleppt?*

Also schrieb Ryan zurück: *Nein. Geh nach Hause, fühl mich nicht wohl*

Die Antwort – *Das ist echt schwul* – versetzte Ryan einen Stich, obwohl er lachen musste. Wie oft hatte er dieses Wort in jüngeren Jahren so benutzt, als beiläufige Beleidigung, ohne darüber nachzudenken, was es bedeutete?

Er steckte das Handy wieder in die Tasche. Sein Versuch, Sam eine SMS zu schreiben, war vergessen.

AM NÄCHSTEN MORGEN lag Ryan auf dem Sofa und starrte auf den Fernseher, ohne wirklich etwas von der Kochsendung mitzubekommen, die gerade lief. Es war alles zu bunt und zu poppig, und der Moderator und die Teilnehmer waren viel zu gut drauf, verdammt. Ryan hatte Kopfschmerzen von zuviel Bier gestern Abend.

Heute Nachmittag kam seine Mum nach Hause. Eigentlich hätte er aufräumen und das Haus für sie in Ordnung bringen müssen, aber er brachte noch nicht genug Energie auf, um sich zu bewegen.

Ryan gähnte, dann griff er nach dem Wasserglas auf dem Kaffeetisch und trank es leer. Er hatte schon vor einer Stunde eine Paracetamol genommen, und sein Kopf tat immer noch weh. Wahrscheinlich sollte er den Hintern hochkriegen und sich noch ein Glas Wasser holen, aber er wollte sich nicht bewegen.

Sein Handy lag neben dem Glas auf dem Tisch und verhöhnte ihn mit seinem Schweigen. Normalerweise blieben er und Sam über die Feiertage in Kontakt und schrieben sich SMS wegen Hausarbeiten oder Fernsehsendungen oder irgendwelcher Spiele, in denen sie gerade um den Highscore wetteiferten. Aber er hatte nichts von Sam gehört, seit sie sich vor zwei Tagen getrennt hatten.

Ryan griff nach seinem Handy und öffnete seine Messenger-App. Er dachte daran, Sam eine SMS zu schreiben, nur um Hallo zu sagen. Als er auf „Neue Nachricht“ drückte, erschien seine unvollendete SMS an Sam von gestern Nacht.

Ich vermiss dich. Ich glaub ich bin

Und nichts weiter.

Ryan runzelte die Stirn. Die Rädchen in seinem Hirn drehten sich langsam, als er überlegte, was er hatte schreiben wollen.

Dann fiel es ihm wieder ein.

„Scheiße." Er löschte die verräterischen Worte. Bei Tageslicht besehen erschauerte er bei der Vorstellung, wie peinlich es gewesen wäre, hätte er das im betrunkenen Zustand an Sam geschickt. Was zum Teufel? Und wieso war er nur knapp daran vorbeigeschrammt, das Wort mit L zu benutzen? Er hatte sich noch nie erlaubt, dieses Wort im Zusammenhang mit Sam auch nur bewusst zu denken.

Immer noch mit dem Smartphone in der Hand schloss Ryan die Augen und hörte auf, gegen die Gedanken an Sam anzukämpfen. Er ließ die Bilder vor seinem geistigen Auge ablaufen wie einen Film über die Zeit, die sie zusammen verbracht hatten: beim Lernen, in geselliger Runde, wenn sie Computerspiele spielten, beim Reden... Dann rief er sich ihre Zeit im Cottage ins Gedächtnis. Sein Herz pochte bei der Erinnerung an ihren ersten Kuss. Der Mistelbusch war der perfekte Anlass gewesen und hatte ihm den Mut gegeben, endlich den ersten Schritt zu tun. Er hatte solche Angst gehabt, dass Sam den Kuss nicht erwidern oder lachend zurückweichen und alles als Scherz abtun würde. Aber dann hatte Sam ihn an sich gezogen, und zwischen ihnen war ein Funke aufgeblitzt und hatte ein Feuer in Ryan entfacht, das immer noch loderte. Jeder Blick seither, jede Berührung ließ es heller brennen. Und der Sex... tja. Selbst die unbeholfenen gegenseitigen Handjobs am ersten Abend waren besser gewesen als alles, was Ryan vorher gemacht hatte. Nicht wegen dem, was sie gemacht hatten, sondern weil es mit Sam passiert war.

Ryan seufzte, wälzte sich auf die Seite und drückte ein Kissen an seine Brust. Der Fernseher lief immer noch, und nichtssagendes Geplapper erfüllte das Wohnzimmer. Alleine im Haus seiner Mutter fühlte Ryan sich so verdammt isoliert und unglücklich, dass es wehtat.

Und der einzige Mensch, den er sehen wollte, war Sam.

RYANS MUTTER und Barry kamen am Neunundzwanzigsten zurück, braungebrannt und gut gelaunt und voller Geschichten über ihre Reise. Ryan freute sich natürlich, seine Mutter zu sehen, aber angesichts ihrer glücklich verliebten Zufriedenheit hatte er Mühe, seine eigene gedrückte Stimmung zu verbergen.

Barry war vor inzwischen fast neun Monate auf der Bildfläche erschienen. Er schien ein recht netter Kerl zu sein, aber Ryan fühlte sich immer noch nicht ganz wohl mit ihm. Ryans Mutter hatte durchblicken lassen, dass Barry vielleicht irgendwann im Frühling bei ihr einziehen wollte. Das würde komisch werden. Aber Ryan wohnte eigentlich gar nicht mehr hier, also ging es ihn nichts an. Er war jedoch froh, dass seine Mutter glücklich zu sein schien.

Am Tag ihrer Rückkehr verbrachte Ryan den Abend mit ihr und Barry. Sie bestellten sich etwas zu essen, und danach zeigte Ryans Mum ihm ihre Urlaubsfotos. Sie schauten ein bisschen fern, aber dabei schlief Barry ein und schnarchte, bis Ryans Mum ihn wachrüttelte und ins Bett schickte.

„Ist alles in Ordnung mit dir, Schatz?“, fragte sie, nachdem Barry nach oben gegangen war. „Du bist so still.“

„Ja“, antwortete Ryan wenig überzeugend. Er gab sich mehr Mühe. „Ja, alles okay.“

„Probleme mit Mädchen?“ Seine Mum kniff die Augen zusammen.

Ryan wurde rot, voller Unbehagen über ihre Intuition, auch wenn sie etwas daneben lag.

„Nichts, womit ich nicht umgehen kann. Das wird schon.“

„Hoffentlich. Es wird langsam Zeit, dass du mal ein Mädchen mit nach Hause bringst. Du kannst nicht ewig den Casanova spielen, weißt du. Es wäre schön, dich in festen Händen zu sehen.“

Ryan hatte nicht vorgehabt, es seiner Mutter zu sagen. Noch nicht. Aber scheiß drauf. Er war sich jetzt sicher, also warum schob er es hinaus? Seine Herzfrequenz schoss in die Höhe, während er im Geist die Worte formulierte. Dann machte er den Mund auf und sprach sie aus.

„Was, wenn es kein Mädchen wäre?“ Seine Stimme zitterte ein bisschen, und ihre Augen wurden groß. „Was, wenn ich stattdessen einen Mann mit nach Hause bringen würde?“

Es gab eine lange Pause, und ihre Augen begannen verdächtig zu glänzen. Sie blinzelte. „Das... das wäre völlig in Ordnung. Aber – wirklich, Ryan? Bist du dir sicher?“

Er biss die Zähne zusammen und holte langsam und bedächtig Luft. „Ich bin schwul, Mum.“ Da. Jetzt war es heraus. „Glaubst du, ich würde sowas sagen, wenn ich nicht sicher wäre?“

„Du bist noch jung.“

„Aber anscheinend alt genug für eine feste Beziehung." Er versuchte, seinen aufflammenden Ärger nicht durchklingen zu lassen. Seine Mum anzuschreien würde die Sache nicht besser machen. „Du kannst nicht beides haben."

„Okay, nein. Tut mir leid."

Sie stand von dem Sofa auf, das sie sich mit Barry geteilt hatte, kam zu Ryan und setzte sich auf die Armlehne seines Sessels. Er sah sie nicht an, als sie seine Hand nahm.

„Ich will nur, dass du glücklich bist. Ryan, hör mir zu."

Sie drückte ihm fest und beruhigend die Hand. Daraufhin hob er den Kopf und sah Tränen in ihren Augen, aber sie lächelte auch. „Es ist mir egal, wer dich glücklich macht. Solange es jemand ist, den du liebst und der dich auch liebt – nur das zählt."

Ein heißes Aufwallen von Gefühlen ließ Ryan selbst gegen die Tränen ankämpfen. „Okay. Gut."

„Oh, komm schon her, ja? Nimm mich in den Arm, um Himmels willen." Seine Mum zog ihn seitlich an sich und beugte sich unbeholfen vor, um ihm die Arme um die Schultern legen zu können, während er sie um die Taille fasste. Er legte den Kopf auf ihren üppigen Busen und atmete den schwachen Duft des Parfüms ein, das sie immer trug.

„Danke, Mum."

„Es ist Sam, nicht?" Ihre Stimme vibrierte in ihrer Brust und klang ihm laut im Ohr. Es erinnerte ihn daran, wie er als kleiner Junge mit ihr gekuschelt hatte, während sie ihm Kinderlieder vorsang. „Ist er derjenige, der dir solche Sorgen macht?"

„Ist das so offensichtlich?"

„Du warst über Weihnachten mit ihm allein, und jetzt schaust du drein wie ein geprügeltes Hündchen. Ich war vielleicht nicht auf der Uni, so wie du, mein kleiner Schlauberger, aber man braucht kein Genie zu sein, um sich das zusammenzureimen." Sie ließ ihn los, richtete sich wieder auf und strich ihm sanft die Haare glatt.

„Ich glaube, er will nur mit mir befreundet sein." Ryans Stimme stockte.

„Und du willst mehr?"

Er nickte betrübt.

„Das tut mir leid, Ry." Ihr Gesichtsausdruck widerspiegelte seinen. „In solchen Momenten hätte ich gern einen Zauberstab oder eine Zeitmaschine. Denn es scheint vielleicht jetzt nicht so, aber wenn das mit dir und Sam nicht sein soll... na ja, du wirst mit der Zeit darüber wegkommen."

„Ich weiß."

Ryan glaubte ihr. Aber er wollte nicht über Sam hinwegkommen. Er wollte mit ihm zusammen sein.

„Vielleicht solltest du mit ihm reden? Nur zur Sicherheit? Solange er nicht weiß, was du für ihn empfindest, kannst du dir nicht sicher sein, dass er dich nicht auch mag."

„Vielleicht." Ryan war nicht überzeugt. Er wusste nicht, ob er noch eine Zurückweisung verkraften konnte. „Okay, Mum. Ich geh‘ jetzt ins Bett. Ich war gestern Abend lange weg." Er stand auf.

Sie stand ebenfalls auf und umarmte ihn noch einmal. „Gute Nacht, mein Schatz. Schlaf gut."

„Du auch."

Ryans Körper fühlte sich an wie aus Blei, als er sich nach oben schleppte. Obwohl er todmüde war, lag er eine Ewigkeit wach, ehe er endlich einschlief. Er hatte Kopfschmerzen und sein Herz tat weh. Ryan wünsche auch, er hätte einen Zauberstab.

ZWÖLF

Sams Eltern kamen am Dreißigsten zurück. Seine Oma war zuhause und kam mit Hilfe einer Nachbarin zurecht.

An diesem Abend feierten sie ein Mini-Weihnachtsfest mit Brathähnchen statt Truthahn, aber sie hatten Knallbonbons und Konfettikanonen zum halben Preis gekauft und spielten ihre Lieblingsbrettspiele. Später veranstalteten sie einen gigantischen Wii-Tanzwettkampf, der wie üblich damit endete, dass Amy gewann und Adam in einem gespielten Wutanfall den Controller durchs Zimmer feuerte. Als er noch jünger gewesen war, waren die Wutanfälle echt gewesen, aber er war inzwischen ein besserer Verlierer als früher.

Am Silvestermorgen erwachte Sam mit einem nervösen Flattern im Magen. Er hatte sich seit seiner Heimkehr mit Lernen und dem Aufpassen auf seine Geschwister beschäftigt gehalten, aber trotzdem hatte er ständig an Ryan denken müssen. Jetzt, in dem Wissen, dass er wieder mit Ryan zusammen in einem Haus wohnen und ihn jeden Tag sehen würde, war Sam so nervös, als stünde er kurz vor dem Examen. Sie hatten keinerlei Kontakt gehabt, seit sie sich am zweiten Weihnachtsfeiertag voneinander verabschiedet hatten, und das war ungewöhnlich für sie. Sam hatte sich noch nie so wenig im Einklang mit Ryan gefühlt. Er hatte keine Ahnung, was Ryan gerade durch den Kopf ging und wie es sein würde, wenn sie sich wiedersahen.

Sie würden es hinkriegen. Das mussten sie. Sam war nicht bereit, sich ihre Freundschaft von ein paar unbedachten Küssen und Orgasmen versauen zu lassen.

Seine Mum setzte ihn am Bahnhof ab, nachdem er sich vom Rest der Familie verabschiedet hatte. Sie stieg aus dem Auto und umarmte ihn zum Abschied.

„Pass auf dich auf. Und gib nicht dein ganzes Geld für Bier aus, du musst mehr essen." Sie runzelte die Stirn, als sie in losließ. „Ich bin sicher, dass du dünner bist als vor Weihnachten. Wie ist das überhaupt möglich?"

Sam zuckte die Achseln. „Du weißt doch, bei mir setzt nichts an." Er hatte in den letzten paar Tagen keinen großen Appetit gehabt, und seine Skinny-Jeans war ihm um die Hüften zu weit.

„Also dann, viel Spaß heute Abend, und melde dich mal."

„Wird gemacht. Ich muss jetzt los, sonst verpasse ich noch meinen Zug. Tschüss, Mum."

„Auf Wiedersehen, Liebling."

Er schulterte seinen Rucksack, steckte sich die Kopfhörer in die Ohren und ging auf den Eingang des Bahnhofs zu. Dann drehte er sich um und winkte seiner Mutter ein letztes Mal zu, ehe er in der Flut von Reisenden durch die Tür ging.

ALS SAM DAS HAUS BETRAT, das er sich mit Ryan, Jon und ihrem vierten Mitbewohner Anthony teilte, drangen Musik und streitende Stimmen aus der Küche. Sam lauschte, und sein Magen schlug vor Nervosität einen Purzelbaum, als er hörte, wie sich Ryans Stimme über die anderen erhob. Es klang, als stritten sie sich, wer das Geschirr spülen musste – wie üblich.

Er bekam feuchte Hände, und es nützte auch nichts, als er sich sagte, dass das lächerlich war. Die Nervosität blieb. Sam holte tief Luft und beschloss, es hinter sich zu bringen. Er ließ seinen Rucksack im Flur stehen und marschierte hocherhobenen Hauptes in die Küche, um seine Mitbewohner zu begrüßen.

„Die ganze Sauerei da ist nicht von mir, abgesehen von einer Pfanne", sagte Ryan gerade und deutete dabei auf den Stapel von schmutzigem Geschirr neben der Spüle. „Ich bin erst gestern zurückgekommen, und ich werde den Teufel tun und euren ganzen Scheiß wegspülen, nur weil ihr beschlossen habt, dass ich dran bin."

Er stand mit dem Rücken zu Sam, daher sah er ihn nicht hereinkommen. Aber Jon – derjenige, der gerade angeschrien wurde – erhaschte über Ryans Schulter einen Blick auf Sam, und sein Gesicht leuchtete auf.

„Hallo, Sammy. Wie geht's, wie steht's, Mann?"

Er drängte sich an Ryan vorbei, zog Sam in eine ruppige Umarmung und zerzauste ihm auf seine übliche, nervige Art die Haare.

„Ja, nicht schlecht, danke. Lass das, du Wichser." Sam

duckte sich weg und strich sich die Strähnen aus den Augen.

Ryan hatte sich inzwischen umgedreht, und Sam suchte seinen Blick, halb hoffnungsvoll und halb besorgt, was er wohl darin finden würde.

„Hey“, sagte er.

Jetzt, wo Ryan nicht mehr schrie, schien es ihm die Sprache verschlagen zu haben.

„Hey“, sagte er schließlich. Er wurde rot, doch seine braunen Augen hielten Sams Blick stand. Seine Miene war undurchdringlich.

Sam wurde übel. Ja. Er war total im Arsch. Nie im Leben würde er sich in Ryans Gegenwart normal benehmen können. Aber er musste es versuchen, weil Ryan ihn anschaute, als wäre ihm ein zweiter Kopf gewachsen und weil Jon mitkriegen würde, dass hier was nicht stimmte, wenn er sich nicht entspannte.

Er trat vor und rechnete schon halb damit, dass Ryan zurückzucken würde, als Sam Anstalten machte, ihn zur Begrüßung zu umarmen. Aber Ryan erwiderte die Umarmung, und für einen Moment nahm Sam den warmen, männlichen Duft seiner Haut und seiner Haare wahr. Sein Körper reagierte sofort; sein Schwanz wurde hart, da der Duft Erinnerungen an andere, intimere Umarmungen heraufbeschwor.

Sam wich schnell wieder zurück und kämpfte gegen seine ungewollte Erregung an. Ryans Wangen waren jetzt noch röter, und er wich Sams Blick aus, wandte sich ab und ließ Wasser ins Spülbecken laufen. Er hatte offensichtlich beschlossen, dass selbst der verhasste Abwasch besser war, als sich mit Sam befassen zu müssen.

„Ist Anthony schon zurück?", fragte Sam, um das peinliche Schweigen zu füllen.

„Nee, er hat per SMS Bescheid gegeben, dass er in zwei Stunden hier ist", sagte Jon, anscheinend blind gegenüber der Anspannung zwischen seinen Mitbewohnern. „Und ich habe allen gesagt, dass sie irgendwann nach acht rüberkommen sollen."

„Okay, cool", sagte Sam. „Ich muss noch Bier kaufen gehen."

„Ja, ich auch." Jon schenkte sich ein Glas Orangensaft aus dem Kühlschrank ein. „Und wir brauchen auch noch Knabberzeug. Ich habe allen gesagt, dass sie auch was zu essen mitbringen sollen, nicht nur Alk, aber wer weiß, was dabei am Ende rauskommt. Meine Karre ist repariert, also können wir nachher zum Supermarkt fahren."

ES WAR ERSTAUNLICH, wie einfach es war, jemandem in einem Vier-Zimmer-Haus aus dem Weg zu gehen – wenn man sich genug Mühe gab.

Sam nahm an, dass Ryan ihm auch aus dem Weg ging, denn für den Rest des Tages sahen sie einander kaum. Jon übernahm das Kommando, wie so oft, und teilte ihnen eine Reihe von Jobs zu, die erledigt werden mussten, um das Haus für eine Party bereit zu machen.

Sam fuhr mit Jon zum Supermarkt. Jons verbeultes, altes Auto lief zwar wieder, aber es hörte sich an, als könnte es jeden Moment wieder den Geist aufgeben. Ryan stellte inzwischen im Wohnzimmer Lautsprecher auf, während Anthony eine Discokugel und Scheinwerfer aufbaute, die sie von einer Mitbewohnerin von Trina ausgeliehen hatten.

Als Sam und Jon wieder zurückkamen, war nur noch eine Stunde Zeit, bis die Gäste kommen sollten. Sie hatten Pizza zum Abendessen vor der Party mitgebracht, also steckten sie die in den Backofen, während sie Bier und Knabberzeug auspackten. Anthony half ihnen dabei, dann schnappte er sich ein Bier und machte es auf.

„Erstes Bier des Abends. Prost, Jungs."

Jon und Sam nahmen sich auch jeder ein Bier.

„Wo ist Ryan?", fragte Sam. Er konnte nicht anders.

„Duschen", antwortete Anthony. „Hat er jedenfalls gesagt. Wahrscheinlich macht er sich grade die Haare. Dazu braucht er immer ewig."

Sam war immer noch damit beschäftigt, so viele Viererpacks Bier, wie nur möglich, in den Kühlschrank zu stopfen, als Jon einen Pfiff ausstieß.

„Siehst ja echt nobel aus, Ryan. Willst heute wohl Eindruck schinden, was? Wer ist denn die Glückliche?"

Sam fuhr so schnell herum, dass er sich fast ein Schleudertrauma eingefangen hätte, und er machte große Augen, als Ryan in die Küche kam. Er hatte sich todschick zurechtgemacht. *Buchstäblich*, dachte Sam, als seine Herzfrequenz auf eine Art und Weise in die Höhe schoss, die unmöglich gesund sein konnte. Ryans dunkelblaue Jeans saß wie eine zweite Haut und zeigte sämtliche Linien und Kurven seiner kräftigen, muskulösen Oberschenkel und der großzügig bemessenen Wölbung dazwischen. Er trug ein schlichtes, weißes T-Shirt mit V-Ausschnitt. Es schmiegte sich perfekt an seinen Oberkörper und war so tief ausgeschnitten, dass seine Schlüsselbeine und ein Großteil seiner Brust zu sehen waren. Seine Miene wirkte ungerührt, doch seine Wangen waren gerötet – wegen der Aufmerksamkeit oder vom Duschen erhitzt, wer weiß? Sein Haar war zu einer perfekt verstrubbelten Igelfrisur gestylt, als wäre er gerade erst aufgestanden. Sams Lippen zuckten ohne seinen Willen, denn nach dieser Woche wusste er, dass Ryan direkt nach dem Aufstehen eigentlich ganz anders aussah. Dann waren seine Haare auf der einen Seite plattgedrückt und am Hinterkopf ein Vogelnest. Objektiv stand ihm diese Frisur eindeutig besser, aber Sam hatte es genossen, mit den Fingern durch die ungestylte Version zu fahren.

Ryan beantwortete Jons rhetorische Frage nicht. Sein Blick huschte zu Sam, blieb aber nicht an ihm hängen. „Riecht es hier nach Pizza?“, fragte er. „Ich bin am Verhungern.“

„Ja, ist gleich fertig“, sagte Jon. „Bier? Wir haben ohne dich angefangen.“

„Ja.“ Ryan kam näher und blieb dicht hinter Sam stehen. Sam nahm seine Körperwärme wahr und roch den Zitrusduft seines Shampoos, als Ryan an ihm vorbeigriff und eine Dose aus der Kühlschranktür nahm. „Prost.“

Sie saßen um den Küchentisch herum und warteten, bis die Pizza fertig war. Sam hielt den Blick auf seine Bierdose gerichtet und zog mit der Fingerspitze Linien durch die Kondenswassertröpfchen auf dem kalten Metall. Jon und Anthony hielten das Gespräch am Laufen. Sam meldete sich gelegentlich zu Wort, doch er fand nur mit Mühe etwas Sinnvolles beizutragen. Ryan schwieg, saß nur still und angespannt neben Sam.

Beim Essen wandte sich das Gespräch dann Weihnachten zu. Jon erzählte Anthony von seiner und Trinas gescheiterter Fahrt nach Wales.

„Was, dann wart ihr am Ende gar nicht dort?“, fragte Anthony.

„Nein. Bis die Karre repariert war, hatte es geschneit, da wären wir nie durchgekommen.“

„Und habt ihr zwei es gut wieder nach Hause geschafft?“, wandte Anthony sich an Sam und Ryan.

„Letztendlich schon“, erwiderte Sam. „Aber erst am zweiten Weihnachtsfeiertag.“

„Ist ja irre. Dann habt ihr also... was... vier Tage lang zusammen mitten im Nirgendwo festgesessen?“

Sam fühlte, wie Ryan sich neben ihm anspannte. „So ungefähr.“

Sam gratulierte sich dazu, wie leicht und unbeschwert seine Stimme klang. Vielleicht sollte er nach seinem Abschluss Schauspieler werden. Ryans Schweigen nervte ihn, daher versuchte er, ihn ins Gespräch mit einzubeziehen. „Wir haben aber trotzdem ein Weihnachtsessen gekriegt, nicht, Ryan?“

„Ähm, ja.“

Ryan ließ sich ködern und stolperte durch eine Erklärung, wie sie Mari getroffen und letztendlich Weihnachten mit ihr verbracht hatten. Natürlich erwähnte er nicht, was sie gerade getan hatten, als sie Nerys in diesem Stechpalmenbusch gefunden hatten.

NACH DEM ESSEN gingen die anderen drei auch noch schnell duschen. Bis Sam als letzter drankam, war das heiße Wasser nahezu alle. Als er schlotternd vor Kälte über den Flur in sein Zimmer flitzte, mit steifen Nippeln und nur mit einem Handtuch um die Hüften, stieß er fast mit Ryan zusammen, der gerade aus der anderen Richtung kam.

„Ups, sorry“, stieß er zähneklappernd und bibbernd hervor. Doch unter Ryans Blick, der über seine Brust und seinen Bauch wanderte, fühlte er sich wie mit warmem Wasser übergossen. Er machte einen Schritt zur Seite, um in der Enge an Ryan vorbeizukommen, doch in diesem Moment tat Ryan dasselbe.

„Entschuldigung.“

„Tut mir leid.“

Für einen Moment führten sie im Flur einen linkischen Tanz auf, ehe Sam versuchte, sich vorbeizuquetschen. Doch Ryan fasste ihn am Arm und hielt ihn zurück. Seine Hand war heiß auf Sams kalter Haut. „Wir müssen reden.“

Vielleicht hatte Ryan es sich anders überlegt? Sams Herz hüpfte vor Nervosität und zaghafter Hoffnung. „Ähm, okay?“

Sie konnten Jon und Anthony im Wohnzimmer reden hören, aber Ryan sprach trotzdem mit gedämpfter Stimme. „Zwischen uns ist alles so komisch, und ich weiß nicht, wie ich das in Ordnung bringen soll.“

Sams Herz wurde wieder schwer wie ein kalter Stein. Er verfluchte sich im Stillen dafür, sich schon wieder Hoffnungen gemacht zu haben, und Ärger flammte auf. „Ich habe versucht, mich ganz normal zu benehmen“, sagte er. „Du bist derjenige, der keinen klaren Satz mehr rausbringt, und jetzt begrapschst du mich auf dem Flur, wenn ich halb nackt bin. Soweit es mich angeht, ist das nicht mein Problem. Von *mir* wissen schon alle, dass ich schwul bin."

Ryan ließ Sams Arm los, als hätte er sich verbrannt.

„Ich versuch's ja." Seine Stimme war heiser. „Es ist schwerer, als ich dachte."

„Ich dachte, du bist es gewohnt, den Hetero zu spielen." Sam versuchte, leise zu sein, und es klang wie ein bitteres Fauchen. „Das machst du ja schon lange genug."

Ryans Wangen brannten, als hätte Sam ihn geschlagen.

Sam drängte sich an ihm vorbei in sein Zimmer. Tränen brannten ihm in den Augen, die er Ryan nicht zeigen wollte. Er knallte die Tür so heftig hinter sich zu, dass alles auf seinem Schreibtisch klapperte.

Er zwang sich, langsam zu atmen, presste die Handballen auf die Augen und kämpfte mit aller Macht gegen das Weinen an.

Das Haus würde heute Abend voller Partygäste sein – jetzt war nicht der richtige Moment für einen Nervenzusammenbruch. Den würde er sich für morgen aufheben.

DREIZEHN

Ryan starrte die Tür an, die Sam ihm vor der Nase zugeschlagen hatte, betroffen über Sams unerwarteten Wutausbruch. Er hatte keine Ahnung, was er getan hatte, um ihn zu verärgern. Eigentlich hatte er die Sache nur ein wenig ins Lot bringen und ihre Freundschaft wiederherstellen wollen, vielleicht einen Versuch machen wollen, seinen Wunsch nach mehr offen auszusprechen. Aber er hatte es nicht geschafft, die richtigen Worte zu finden, und jetzt hatte er anscheinend unbeabsichtigterweise alles noch viel schlimmer gemacht.

Scheiß drauf.

Heute Abend würden sie offensichtlich kein vernünftiges Gespräch mehr zustande bringen. Er straffte die Schultern und machte sich auf den Weg nach unten und auf die Suche nach einem weiteren Bier.

DIE PARTY WAR INZWISCHEN in vollem Gange.

Ryan lehnte im rappelvollen Wohnzimmer an der Wand. Die Musik pulsierte wie ein äußerlicher Herzschlag, und die Vibrationen drangen ihm bis ins Mark. Er schaute auf die Uhr. Es war fast halb zwölf. Nur noch dreißig Minuten bis Mitternacht. Das Haus platzte vor betrunkenen Studenten schier aus den Nähten. Leute aus ihren Kursen, Rugbykameraden, Freunde von Freunden von Freunden. Er kannte allenfalls die Hälfte der Gesichter.

Ryan hatte den ganzen Abend über Ausschau nach Sam gehalten. Er konnte einfach nicht anders. Ihre Wege hatten sich ein paarmal gekreuzt – in der hell erleuchteten Küche auf der Suche nach Bier, im Gedränge der Tanzenden, auf der Treppe, wenn sie sich aneinander vorbeidrängten. Doch sie hatten sich nicht angesehen und kein Wort miteinander gewechselt. Ryan litt immer noch unter Sams harschen Worten von vorhin, und er hatte keine Ahnung, wie er das in Ordnung bringen sollte.

„Hey, Ry." Eine weiche Hand fasste ihn am Arm. Lange, perfekt manikürte Fingernägel gruben sich in seinen Bizeps, als eine junge Frau den Mund an sein Ohr legte, um sich ihm trotz der Musik verständlich zu machen. „Lange nicht gesehen. Hattest du schöne Weihnachten?"

Ryan drehte den Kopf und begegneten dem hoffnungsvollen Blick von Caroline. Sie war eine der vielen Frauen, die er letztes Jahr gevögelt hatte. Eine der wenigen, die er mehr als einmal gevögelt hatte. Sie war hartnäckig gewesen und hatte sich nur höchst ungern abweisen lassen, als er sich vage damit herausgeredet hatte, dass er noch nicht für eine Beziehung bereit sei. Sie war atemberaubend schön, aber das wusste sie auch, und sie hatte seinen Mangel an Interesse als Herausforderung aufgefasst.

„Ja, war ganz okay, danke. Und du?"

Er atmete den aufdringlichen, viel zu süßen Duft ihres Parfüms ein und kämpfte gegen den Drang an, seinen Arm wegzuziehen. Sie kam noch näher, legte ihm ihre andere Hand auf die Brust und ließ sie auf eine Art über seine Rippen gleiten, dass er sich am liebsten der Berührung entwunden hätte.

„Der übliche langweilige Familienkram. Es ist schön, wieder an der Uni zu sein. Viel mehr Potenzial für Spaß." Ihre Worte trieften vor Zweideutigkeit.

Caroline trat noch einen Schritt näher und stand jetzt direkt vor ihm. Nah, viel zu nah. Sie packte ihn an den Hüften und drückte ihren Unterleib aggressiv gegen seinen völlig desinteressierten Schwanz.

„Wen willst du an Mitternacht küssen?", fragte sie und reckte ihm einladend das Gesicht entgegen.

Ryan wollte kein Arschloch sein. Er hatte sie bereits einmal enttäuscht, also konnte er jetzt zumindest höflich sein. Aber er wollte nicht, dass sie einen falschen Eindruck gewann. Er fasste nach ihren Händen, schob sie weg und hielt sie fest – vor allem, um sie davon abzuhalten, erneut nach ihm zu greifen.

„Ich habe keine Pläne", sagte er leichthin, neckend, aber nicht ermutigend.

Er hielt über ihre Schulter Ausschau nach einem passenden Fluchtweg – und erstarrte, als er Sam in der Menge entdeckte. Sam tanzte und schwang seine schlanken Hüften. Irgendein Typ, den Ryan flüchtig kannte, aber nicht zuordnen konnte, hatte die Arme um

Sams Taille gelegt und schmiegte sich von hinten an ihn. Ein hässlicher Splitter Eifersucht durchbohrte Ryan, und ihm wurde schlecht.

Dann, als hätte er Ryans Blick auf sich gerichtet gefühlt, hob Sam den Kopf und schaute in Ryans Richtung. Sein Blick fiel auf Carolines Hände, die Ryan immer noch festhielt, und er erstarrte für einen Moment. Dann drehte er sich um und schlang seinem Partner die Arme um den Hals, während sie sich im Takt der Musik wiegten.

Ryan ließ Carolines Hände los und drängte sie beiseite, um nicht mehr zwischen ihrem Körper und der Wand eingeklemmt zu sein. Jetzt war es ihm egal, ob er sie enttäuschte. Er wollte nur weg von der lauten Musik und der erstickenden Hitze der Menschen um ihn herum.

„Ich muss mal", log er.

„Sieh zu, dass du mich nachher wiederfindest." Sie schmollte und strich sich eine perfekt blondierte Haarsträhne hinters Ohr.

Ryan antwortete nicht. Er ging bereits weg.

Sein Zimmer war leer und vergleichsweise ruhig nach dem Radau unten. Er hatte die Tür vorhin vorsichtshalber von außen abgeschlossen, denn bei der letzten Hausparty hatte irgendein Idiot Bier über seinen Laptop verschüttet.

Ryan warf sich bäuchlings aufs Bett. Er hatte Kopfschmerzen, aber eher vor unterdrückten Gefühlen als von den paar Bier, die er getrunken hatte. Er hatte es langsam angehen lassen, weil er befürchtete, irgendwas Dummes zu tun, wenn er sich die Kante gab.

Er umarmte sein Kissen und gab sich eine Zeitlang seinem Elend hin, während der tiefe Bass von unten durch den Fußboden dröhnte und gelegentlich laute Stimmen oder ein Ausbruch von Gelächter bis in seine Abgeschiedenheit vordrang.

Es klopfte an seiner Tür, aber das ignorierte er. Wer auch immer das war, konnte sich verpissen. Er hatte sich eingeschlossen und nicht die Absicht, sich in nächster Zeit zu bewegen.

Das Klopfen ging beharrlich weiter und wurde immer lauter, bis jemand mit der Faust gegen die Tür hämmerte. „Ryan, lass mich rein. Ich weiß, dass du da drin bist."

Ryans Herz setzte einen Schlag aus, als er Sams Stimme erkannte. „Was willst du?"

„Lass mich einfach rein!"

Ryan kam in Bewegung. Er schloss die Tür auf und öffnete sie. Sam drängte sich herein, machte die Tür schnell wieder zu und schloss hinter sich ab. Dann lehnte er sich schwer dagegen.

„Danke", seufzte er erleichtert. „Kann ich mich hier bis nach Mitternacht verstecken?"

Sams Wangen waren vom Tanzen gerötet, sein Haar noch zerzauster als sonst – es fiel ihm in wirren Strähnen über ein Auge. Ryan juckte es in den Fingern, es zurückzustreichen, die Hände in den Strähnen zu vergraben, ihn an sich zu ziehen. „Ja, klar."

„Und es tut mir leid wegen vorhin."

„Ähm… okay." Ryan wusste nicht genau, was er zu ihrer seltsamen Meinungsverschiedenheit vorhin im Flur sagen sollte. „Vor wem versteckst du dich?", fragte er stattdessen.

„Vor diesem Typen da unten. Er ist aufdringlich, und ich bin nicht interessiert."

Eine Welle der Erleichterung durchströmte Ryan.

„Wirklich? Vorhin hast du aber ziemlich interessiert ausgesehen."

„Ich hab' nur getanzt. Aber er hat mich begrapscht, da habe ich ihn abserviert. Ich will heute Abend niemanden abschleppen." Sams Wangen röteten sich noch mehr und er senkte den Blick. „Aber warum hast du dich hier eingeschlossen? Du hast doch vorhin ganz schön mit Caroline geschmust."

„Ich bin schwul, schon vergessen?"

Ryan konnte nicht aufhören, Sams Gesicht anzustarren. Das helle Deckenlicht in seinem Zimmer ließ die verstreuten zimtfarbenen Sommersprossen auf Sams blasser Haut deutlich hervortreten. Seine Lippen waren tiefrosa und glänzten feucht, als hätte er jemanden geküsst.

Unter Ryans Blick leckte Sam sich nervös die Lippen, befeuchtete sie noch mehr, und sein Blick huschte nach oben in Ryans Gesicht.

„Richtig. Wie konnte ich das bloß vergessen."

Ryans Zorn entbrannte bei dem sarkastischen Unterton, mit dem Sam das sagte. *Geht das schon wieder los.* „Was zum Teufel ist dein Scheiß-Problem?", fauchte er. „Du hast gesagt, wir sollten lieber nur Freunde bleiben, und ich versuch's ja, okay? Ich versuch's. Also warum bist du dann so ein Arschloch? Wenn du mich nicht willst, was spielt es dann für eine Rolle, wenn ich was mit Caroline anfange – nicht, dass ich das wollte. Aber mal im Ernst. Du hast gesagt, was zwischen uns passiert ist, wäre keine große Sache, also was *interessiert* es dich dann?"

„Moment mal... was?" Eine kleine, verwirrte Furche bildete sich auf Sams Stirn. „Ich dachte, du willst das so. Ich hab' dich gefragt, ob wir das fortsetzen sollen... das mit *uns*" – er gestikulierte zwischen sich und Ryan hin und her – „aber du hast dich nicht direkt darum gerissen."

Ryan dachte an ihre gestelzte Unterhaltung im Auto zurück und versuchte, sich daran zu erinnern, was genau er zu Sam gesagt hatte.

„Ich habe nicht nein gesagt." Da war er sich sicher. Warum hätte er das tun sollen?

„Du hast aber auch nicht ja gesagt."

„Ich war durcheinander", gab Ryan zurück. „Wir hatten noch nicht darüber geredet, weil wir nicht dazu gekommen sind, und dann kam alles so plötzlich und ich habe versucht, darüber nachzudenken, was ich will, weil das alles neu für mich ist und ich Angst davor hatte, was es für mich bedeuten würde, wenn wir nicht mehr nur Freunde wären, sondern... *mehr* als das. Aber Herrgott, Sam. Ich mag dich wirklich, verdammt nochmal – und *nicht* nur als Freund."

Ryan machte eine Atempause. Mit hämmerndem Herzen versuchte er, Sams Reaktion zu deuten.

Sam sah völlig perplex aus. Er fixierte Ryan mit starrem Blick, die Lippen leicht geöffnet, als versuchte er, den Sinn hinter dem Wortschwall zu verstehen, der aus Ryan hervorgesprudelt war.

„Ich habe mich vor meiner Mum geoutet", fügte Ryan hinzu. „Vor meinem Dad noch nicht, aber das habe ich vor. Bald. Und vor meinen anderen Freunden. Das mache ich auf jeden Fall, auch wenn du nicht mit mir zusammen sein willst. Ich bin bereit, offen damit umzugehen, wer ich bin."

Sam blinzelte. „Natürlich will ich mit dir zusammen sein, du Blödmann. Ich bin in dich verliebt, seit... hm, ich weiß nicht mal genau, wie lange ich schon in dich verliebt bin. Muss ich erst ausrechnen. Aber auf jeden Fall schon viel zu lange." Seine Wangen röteten sich bei diesem Geständnis. „Oh Gott, tut mir leid. Das ist wahrscheinlich viel zuviel Druck. Kannst du bitte vergessen, dass ich das gesagt habe?" Er zog den Kopf ein und wischte sich die Haare aus der Stirn. Aber sie fielen ihm gleich wieder über die Augen.

Ryan hob die Hand und strich ihm die Strähnen hinters Ohr. Er ließ die Finger zärtlich über Sams Wange gleiten, und Sams Bartstoppeln kitzelten seinen Daumen.

„Herrgott, Sam... Ich—"

„Du brauchst es nicht zu sagen. Nur, weil ich meine blöde Klappe nicht halten kann." Sams Stimme war scharf. Er blickte ruckartig auf und sah Ryan an. Seine Wangen waren immer noch gerötet und heiß.

Ryan starrte ihn an, aber er musste etwas sagen. „Ich wollte sagen, dass ich dir neulich Nacht fast betrunken eine SMS geschrieben hätte, dass ich auch in dich verliebt bin."

„Du warst *neulich Nacht* in mich verliebt?" Sam zog die Augenbrauen hoch, doch um seine Lippen spielte ein leichtes, neckendes Lächeln. Er fasste Ryan an den Hüften und ließ seine Hände mit leichtem Druck dort liegen, ohne ihn an sich zu ziehen oder wegzuschieben.

„Ich bin's immer noch." Ryans Hand lag immer noch an Sams Wange, und sein Daumen ruhte jetzt in der Nähe von Sams Mundwinkel.

Unten hörte die Musik auf wie abgeschnitten, und alle begannen den Countdown bis Mitternacht zu brüllen: „Zehn, neun, acht—"

„Ich will dich um Mitternacht küssen", sagte Ryan. Plötzlich wusste er ganz genau, was er wollte. Keine kalten Füße mehr, keine Unsicherheit. Sein Herz pochte heftig.

„Dann mach nur." Sams Lippen formten ein Lächeln, das Ryan glatt den Atem verschlug.

„Los, komm." Ryan packte Sam am Handgelenk und zog ihn von der Tür weg, um sie öffnen zu können. Er zerrte Sam hinter sich her und rannte durch den Flur, die Treppe hinunter und in das brechend volle Wohnzimmer.

„Zwei, eins!"

Der erste Glockenschlag von Big Ben hallte durch die sekundenlange Stille, ehe die ganze Party in Jubelgeschrei ausbrach.

Das Zimmer war voller Menschen, die sich umarmten und küssten und sich gegenseitig Neujahrsgrüße zuriefen.

Ryan führte Sam mitten ins Gedränge und wandte sich ihm zu. Es war ihm egal, wer zuschaute – je mehr Leute sie sahen, desto besser. Wenn er sich schon outete, dann mit Stil. Damit alle morgen etwas zum Tratschen hatten.

„Frohes neues Jahr", sagte er. Sam konnte ihn bei dem Radau zwar nicht hören, aber er konnte es ihm von den Lippen ablesen. Sams Lippen bewegten sich, als er die Worte erwiderte, und sie grinsten sich an wie Idioten. Irgendwo in der Nähe ging in einem Garten ein Feuerwerk los.

„Dann mach nur", wiederholte Sam. Er fasste Ryan an den Hüften und zog ihn an sich.

Ein Prickeln wallte in Ryans Brust auf und schäumte über wie geschüttelter Champagner, wenn die Flasche entkorkt wird, und endlich beugte er sich vor und küsste Sam auf den Mund. Er merkte, dass Sam lächelte, und tat es ihm nach, dann ertastete er die Konturen dieses

Lächelns mit der Zungenspitze. Sam öffnete den Mund für einen innigen, langsamen Kuss, der zärtlich war und schmerzlich süß. Ryan legte Sam die Hände an die Wangen und brachte seinen Mund in den richtigen Winkel, und Sam schlang ihm die Arme um die Taille und presste sich enger an ihn, bis ihre Hüften perfekt ausgerichtet waren. Ihr Verlangen erwachte, langsam und träge, aber ohne sie zum Handeln zu treiben.

Sie hatten alle Zeit der Welt, erkannte Ryan. Jetzt lebten sie nicht mehr in einem Ausnahmezustand, irgendwo eingeschneit außerhalb ihres normalen Lebens. Das hier war ihre neue Realität. Zusammen zu leben, einander zu lieben, als beste Freunde und – davon ging Ryan aus – als Liebespaar.

2015 würde das beste Jahr aller Zeiten werden.

VIERZEHN

Als Ryan am nächsten Morgen erwachte, wusste er für einen Moment nicht, wo er war. Die Poster an den Wänden waren nicht seine, und das Fenster war an der falschen Stelle. Er lag auf dem Rücken und starrte im Dämmerlicht an die Decke, die Stirn gerunzelt, während sein Verstand knirschend in Gang kam. Doch dann bewegte sich ein warmer Körper hinter ihm, und er fühlte nackte Haut an seinem Rücken. Ein Arm schlang sich fester um seinen Bauch, und er erinnerte sich.

Sam.

Silvester.

Küsse um Mitternacht.

Ein Glücksgefühl erfüllte ihn, leicht wie ein Heißluftballon, und ein Lächeln breitete sich über sein Gesicht aus.

Ryan unterdrückte ein Kichern, als er an die Reaktion ihrer Freunde dachte – Belustigung, Überraschung, Begeisterung. Caroline hatte ziemlich angepisst ausgesehen, aber alle anderen hatten es ganz locker genommen. Nur Anthony war ein bisschen verschnupft gewesen, weil Ryan

„die ganzen Muschis abgegriffen“ hatte, wo er doch nicht mal auf Frauen stand. Aber Trina hatte ihm eins hinter die Löffel gegeben, weil er Frauen als Muschis bezeichnete, und am Ende hatten sie sich stattdessen darüber gestritten, und niemand hatte sich mehr groß für Sam und Ryan interessiert.

Danach hatte sich die Party allmählich aufgelöst, und Sam und Ryan hatten die Flucht ergriffen. Müde und ein bisschen betrunken hatten sie sich bis auf die Unterhosen ausgezogen und waren ins Bett gefallen. Dann hatten sie sich eine gefühlte Ewigkeit lang geküsst und waren schließlich eingeschlafen.

Sam bewegte sich erneut, presste sich enger an ihn, und Ryan fühlte Sams Morgenlatte an seiner Hüfte. Ryans Schwanz reagierte, richtete sich auf und beulte seine Unterhose aus. Er drehte sich um, schubste Sam sanft auf den Rücken und küsste sich langsam und genüsslich an seinem Oberkörper entlang nach unten. Sams Brustwarzen zogen sich zusammen, als die Decke verrutschte.

„Guten Morgen.“ Sams Stimme war rau vom Schlaf.

„Morgen.“ Ryan blickte auf und stützte das Kinn auf Sams flachen Bauch.

Sam verschränkte die Arme hinter dem Kopf und sah ihn an. „Was machst du denn da unten?“ Seine Lippen zuckten, belustigt und neckend.

„Das Jahr so anfangen, wie ich es fortsetzen will.“ Ryan grinste. „Wenn das für dich okay ist?“ Er schob sich ein wenig weiter nach unten und drückte einen Kuss auf Sams steifen Schwanz unter dem enganliegenden Boxerslip.

„Bedien dich.“ Sam spreizte die Beine, um Platz für Ryan dazwischen zu machen.

„Die ist im Weg." Ryan zog Sam die Unterhose herunter und half ihm, sie ganz abzustreifen. Dann legte er sich wieder zwischen Sams schlanke, blasse Oberschenkel, die Bettdecke um die Schultern. Es war kalt heute Morgen, und seine Füße waren eisig, da sie am Fußende des Bettes unter der Decke hervorschauten, doch Ryan ignorierte sie. Er starrte Sam einen kurzen Moment lang an. Es war total seltsam, wenn auch sehr erregend, einen Penis aus diesem Winkel zu betrachten.

Sam nahm seinen Schwanz in die Hand und streichelte sich träge. Ryans Erregung schoss in die Höhe bei diesem Anblick. „Fuck", murmelte er.

„Hast du Bedenken? Du musst nicht, weißt du, wenn du noch nicht so weit bist. Ich war tierisch nervös, als ich zum ersten Mal jemandem einen geblasen habe, also versteh' ich das. Es ist nicht—"

Ryan stieß Sams Hand weg und ging selbst mit Hand und Mund zu Werk.

„Na gut, okay." Sam schnappte lachend nach Luft. „Dann leg los."

Ryan legte los, wenn auch anfangs noch etwas zögerlich. Er erforschte den Geschmack und die Textur mit Lippen und Zunge. Zwar war er sich nicht ganz sicher, ob er das gut machte, aber vermutlich konnte da nicht allzu viel schiefgehen – wenn er mit den Zähnen aufpasste und nicht gerade so heftig würgte, dass er tatsächlich kotzen musste. Sam schien es jedenfalls zu genießen, seinem unterdrückten Wimmern und leisen anfeuernden Worten nach zu schließen. Er hatte sich auf die Ellbogen gestützt und schaute zu, und Ryan blickte auf, weil er sein Gesicht sehen wollte. Sams Wangen waren gerötet und sein Blick hing an Ryans Mund.

Fuck. So beobachtet zu werden war geil. Ryan drückte seine schmerzende Erektion in die Matratze und wünschte halb, er hätte eine Hand frei, aber seine Hände waren beschäftigt. Eine rieb den Teil von Sams Schaft, den er nicht in den Mund zu nehmen wagte – siehe oben – die andere hielt Sams Oberschenkel gepackt, um das Spiel der schlanken Muskeln zu fühlen, als Sam sich anspannte.

Sam murmelte heiser eine Warnung. „Ich komm' gleich. Wenn du es nicht in den Mund kriegen willst, hörst du besser auf."

Ryan hörte nicht auf. Er konnte es ja ausspucken, wenn er nicht damit klarkam.

Sam stöhnte. „Oh ja!" Sein Schwanz schwoll an und pulsierte an Ryans Zunge, und Ryan lutschte weiter, selbst als sein Mund sich mit salziger, warmer Wichse füllte. Es schmeckte gar nicht so schlimm, befand er, und der Anblick von Sams Gesicht beim Orgasmus machte den leicht bitteren Nachgeschmack absolut wett. Ryan versuchte zu schlucken, konnte aber die Bewegung nicht koordinieren, solange er den Mund voll hatte, also wich er zurück und versuchte es nochmal. Er rümpfte die Nase, und Sam lachte.

„Kein Fan?"

„So schlimm ist es gar nicht. Nur komisch."

„Man gewöhnt sich dran."

„Dann sollte ich wohl besser weiter üben."

„Jederzeit." Sam grinste. „Wir sind ja jetzt zusammen – nicht wahr?" Ein Aufblitzen von Unsicherheit huschte über sein Gesicht. „Also kannst du üben, wann immer du willst."

Ryan kroch an Sams schlankem Körper entlang wieder nach oben und zog die Decke mit hoch.

„Klar sind wir zusammen. Schließlich sind wir ineinander verliebt und so, da wär's doch dumm, wenn wir das nicht wären."

„Ja." Sam kuschelte sich an ihn, steckte eine Hand in Ryans Unterhose und streichelte ihn langsam. Ryan schlang ein Bein um Sams Oberschenkel, und sein Fuß – eiskalt, weil er unter der Decke hervorgeschaut hatte – presste sich an Sams Wade.

Sam schrie auf. „Shit! Du hast kalte Füße!"

Jetzt nicht mehr, dachte Ryan.

Er küsste Sam, und als er ihn so in den Armen hielt, warm und anschmiegsam und *seins*, war er sich dessen so sicher wie noch nie bei etwas anderem in seinem Leben.

ÜBER DEN AUTOR

Jay lebt in der Nähe von Bristol im Westen Englands. Er stammt aus einer Autorenfamilie, glaubte aber stets, das Romanschreiber-Gen habe ihn übersprungen. Jahrelang schrieb er lediglich E-Mails, Zeitungsartikel und Webseiteninhalte.

Eines Tages beschloss Jay, es zu versuchen und eine Kurzgeschichte zu verfassen – nur um zu sehen, ob er es konnte – und fand es geradezu süchtigmachend. Er hat seit diesem Tag nicht mehr mit dem Schreiben aufgehört.

Jay Northcotes Newsletter für deutsche Leser

Für gelegentliche deutschsprachige Updates über meine deutschen Buchveröffentlichungen und Sonderangebote, trage dich bitte in diese Mailingliste ein:

https://bit.ly/jaynews_de

www.jaynorthcote.com

Twitter: @Jay_Northcote

Facebook: Jay Northcote Fiction

MEHR VON JAY NORTHCOTE

In deutscher Sprache

Helfende Hand - (Housemates #1)
Als wäre es Liebe - (Housemates #2)
Übung Macht den Meister - (Housemates #3)
Sehen und Begehren - (Housemates #4)
Ganz von vorn - (Housemates #5)
Der Hübsche in Pink - (Housemates #6)

Ein Neuer Ort - (Rainbow Place #1)
Ein sicherer Ort - (Rainbow Place #2)
Ein besserer Ort - (Rainbow Place #3)

Die Probe aufs Exempel - (Owen & Nathan #1)
Ein Mann zum Heiraten - (Owen & Nathan #2)

Das Gesetz Der Anziehung
Nichts Ernstes

Wie ein neues Leben
Nichts Besonderes
Was an Weihnachten Passiert
Eine familie zu Weihnachten
Nichts Gewagt
Ein fester Freund zu Weihnachten
Eine zweite Chance

In englischer Sprache

The Housemates Series

Helping Hand – Housemates #1
Like a Lover – Housemates #2
Practice Makes Perfect – Housemates #3
Watching and Wanting – Housemates #4
Starting from Scratch – Housemates #5
Pretty in Pink – Housemates #6

The Rainbow Place Series

Rainbow Place – Rainbow Place #1
Safe Place – Rainbow Place #2
Better Place – Rainbow Place #3
Mud & Lace – Rainbow Place #4
Happy Place – Rainbow Place #5

Other Novels and Novellas

Nothing Serious
Nothing Special
Nothing Ventured
Not Just Friends
Passing Through
The Little Things
The Dating Game – Owen & Nathan #1
The Marrying Kind – Owen & Nathan #2
The Law of Attraction
Imperfect Harmony
Into You
Cold Feet
What Happens at Christmas
A Family for Christmas
Summer Heat
Tops Down Bottoms Up
The Half Wolf
Secret Santa
Stuck With You
A Boyfriend for Christmas
Where Love Grows
Operation Fake Relationship

www.ingramcontent.com/pod-product-compliance
Lightning Source LLC
La Vergne TN
LVHW041036150826
845672LV00001B/340

* 9 7 9 8 3 6 4 4 3 6 9 9 3 *